ハーレクイン文庫

この恋、絶体絶命！

ダイアナ・パーマー

上木さよ子 訳

HARLEQUIN
BUNKO

THE CASE OF THE MESMERIZING BOSS

by Diana Palmer

Published by Harlequin Japan, a Division of K.K. HarperCollins Japan, 2024

この恋、絶体絶命！

◆主要登場人物

テリーサ・メリウェザー……………探偵事務所の秘書。愛称テス。
キット・モリス……………………テスの親友。会社秘書。
リチャード・デイン・ラシター……ラシター探偵事務所の所長。愛称デイン。
ヘレン・リード……………………ラシター探偵事務所の調査員。
ニック・リード……………………ヘレンの兄。ラシター探偵事務所の調査員。
ベリル………………………………デインの牧場の家政婦。

プロローグ

リチャード・デイン・ラシターは超高層のなかでもかなり目立つビルのオフィスからヒューストンの町を見おろしていたが、そのじつ、街灯またたく夕闇《ゆうやみ》に霧雨が降るのも目に入っていなかった。どうにも困った問題に直面していたのだ。

デインはいますぐにも、彼が経営するこの私立探偵事務所の大部屋へ出ていって、秘書に雷を落とさなくてはならない。その秘書というのが身内も同然の女性なのだ。テス・メリウェザーは、デインの母親が婚約をした男の娘だった。しかし、親たちは結婚式を目前にして他界。だから厳密には身内ではないが、デインは自分がテスの心配をしてやらなければいけないような気がした。テスに秘書の職を与えたのも、彼女のこととなるとむきになるのも、そのためだった。ふたりのあいだには癒《いや》しがたい傷があるが、だからといってテスに対する感情が変わることはなかった。

デインがこれほど頑としてテスを突き放したりしなければ、それは愛に発展したのかもしれない。まだテキサス州騎馬警官だったころ、デインは結婚に失敗したあげく、ある銃撃戦で全身に弾を食らった。あの撃ち合いは彼の人生はもちろんのこと、彼自身をも変えてしまった。警察の仕事を続けられなくなったデインは、地元の警察署から人材を引き抜いて私立探偵事務所を開いた。彼は完璧《かんぺき》かつ慎重な調査をする私立探偵と評判で、非常に成功していた。だが、私生活はさんたんたるものだった。彼には家族がない。いるのはテスだけだが、そのテスは彼が近づくとあとずさるといった調子だった。それについては、デインもときおり気がとがめた。あのときはなにも怒りに駆られて迫ったのではないが、彼女はそれを知らないし、このさきも知ることはあるまい。テスは、おれが彼女を怖がらせて追い払おうとしたと思っている。お笑いぐさだ。真相は、はるか以前のあの午後、デインが生まれてはじめて自制心を失っただけなのだ。

デインは窓から離れた。彼は背が高くしなやかで、動作は優雅、少し首をかしげたところは自信たっぷりな感じがする。瞳と髪は黒褐色で肌は浅黒く、いかにもスペイン系らしい。彼はハンサムだが、その意識はまったくなかった。近ごろは、女性にもとんとご無沙汰《ぶさた》だ。

母親は夫の面影が濃いデインをうとんだ。デインがまだ子供のころ、夫に捨てられたのだ。デインは母に甘えたかったが、母はちっともかまってくれなかった。そんな母親の態度は彼を深く傷つけた。結婚をしたのはテキサス州騎馬警官になる前、ヒューストンの警察官時代だったが、妻は警官の制服に憧《あこが》れていただけだった。ジェーンとの結婚生活は荒れ模様だった。彼女の望みをかなえてやれなかったからだ。ジェーンはすぐさま、この結婚を後悔した。彼女はベッドでデインをうとみ、まもなくベッドのそとでも彼をうとむようになった。もうデインなど必要でなかった。デインが負傷したとき、ジェーンはまだ入院中の彼を捨てて出ていった。もしテスがいなかったら、デインはあの悪夢のような日々をひとりで過ごさなくてはならなかったところだ。

あのときテスがデインに恋をしていたとは、なんと皮肉なことか。はじめて会ったとき、彼女はまだ高校を出たての十代の娘だった。ちょうどデインの母のニータ・ラシターが息子を無視したように、テスの父親のワイアット・メリウェザーも娘をほったらかしだった。養育をテスの祖母に任せきりで、自分は気ままな生活を送っていたのだ。テスは純真で心やさしく、これまでのどんな女性もおよばないほど強くデインを引きつけた。デインの静養中、ふたりのあいだがどんなだったかを考えると、いくらわざとではなくとも、彼女にあんなことをしたのが恥ずかしくなる。

ふたりはたがいに、温かい想《おも》いを抱いたものだった。デインははじめあらがった。女は信用がならず嫌いだし、テスはまるで若すぎた。だが、彼女はデインの心を強くとらえて放さなかった。デインがあれほど人に愛されたのは、あとにもさきにもあのときだけだ。なのに、いっときの激情に任せてその愛をぶち壊したうえ、怖い目にあわせたため、テスはいまだにびくつく始末。

デインはいらいらと髪をかきあげた。いいかげん、過去を振り返るのはやめろ。なんの得にもなりはしないんだ。

テスはこんど、探偵をやりたいと言いだした。冗談じゃない。ときには危険をともなう仕事だ。こっちはニックやその妹のヘレンを、任務につかせるのも気のりがしないぐらいなのに。任務とは、テスがうっかり邪魔をした例の張り込みのような仕事のことだ。こっぴどく叱《しか》らなくてはなるまい。ふたりの正体こそばれなかったが、それでも間一髪だった。こんなのはあってはならないことだ。くわえて、テスが現場にいたというのも気に入らない。テスだけはどんな危ない目にもあわせたくなかった。だが、テスはヘレンにつきまとって、やれ、あれを教えろだの、柔道の投げをやってみせてくれだの、銃の撃ち方を教えてくれだのとせがんでいる。たいていの場合、そういった個人教授はデインがなんとかやめさせているが、あのあきらめの悪さを思うと不安だった。テスを危険な状況に置くなど、考えるだけでもぞっとする。事務所で彼の秘書をやっている分には比較的安全だった。事務所のそとでは……ありがたいことにそれについてはいまは心配しなくていい。

だが、張り込みの邪魔をしたことについては、このままにはできない。デインはテスにはじめて会ったときのことを思い出した。それぞれの親に呼ばれて、レストランで顔合わせしたときだ。デインは、ひと目で反感を覚えたように振舞った。しかし、ほんとうは会った瞬間に、テスが気に入ったのだった。初対面のような気がせず、デインはひどく落ち着かなかった。なにしろこっちは女房持ちで、あの夜はいやがる妻を連れてきていたからだ。ジェーンはいやみたらたらで不快に振舞うばかりで、しまいにデインは彼女をタクシーに乗せてさきに帰宅させた。一方のテスは内気でおとなしかったが、デインになみなみならぬ興味を示した。

思い出すと、いまでも体が張りつめる。あの晩、彼はテスを欲しいと思い、その思いはいまもなお続いているのだ。近ごろのデインはひとり暮らしに甘んじている。わけあって、女性との深いかかわり合いは避けており、結婚などまっぴらだった。だが、そのわけはテスには話せない。なにしろ、話したら男の自尊心がひどく傷つくのだ。

デインは苦虫をかみつぶしたような表情で、所長室と待合室を隔てるドアのほうへ向かった。デインは対決をさき延ばしにするような臆病《おくびょう》者ではなかった。ただ、彼が叱るとテスがひどく傷ついた顔をするので、それがたまらない。これ以上、彼女を苦しめたくはなかった。もう何年も必要以上に苦しめてしまったのだから。

だが、決まりは守ってもらう。ここで規則違反を大目に見たら、将来テスが危険な目にあうかもしれない。それは耐えられなかった。

デインはあきらめてノブに手をかけ、ドアを開けた。

1

テス・メリウェザーは断頭のときを待つような緊張に全身張りつめ、大きなため息をついた。沈んだ表情で、所長室の閉ざされたドアを見る。きょうはよくよくついていなかった。張り込みを邪魔してしまい、おかげで、デインからは一日じゅう冷たくされる始末。退社時間になったら、こっそり抜け出せますように。さもなければ、きっと罰を食らうはめになる。

デイン・ラシターはラシター私立探偵事務所の経営者でテスの上司だが、テスにとってはそれ以上の存在だった。知り合ったのは数年前、それぞれの親が結婚寸前までいったときだった。だが、親たちが不運にも事故死を遂げ、テスにはこの世でデインしか頼る人がいなくなってしまった。

テスはちらりと時計を見るとデスクの上をきちんと片づけ、トレンチコートに手を伸ばした。このコートは憧《あこが》れの〝サム・スペード用品〟のひとつで、これを着るのはテスの自慢であり、喜びであった。デインはちっとも事件を担当させてくれないが、私立探偵事務所で働くのはわくわくする。ボスは過保護だけど、いつの日か絶対に私立探偵になってみせるわ。テスはそう自分に約束した。

「お出かけかな?」細い指先にタバコをくゆらし、デインが戸口に現れた。三つ揃《ぞろ》いを着たデインは、どこをとっても私立探偵そのものだ。

テスは視線をそらした。三年前にあんなことをされてもまだ、デインの姿を見ると胸が高鳴る。

「うちへ帰るの。いいでしょ?」

「いや、困るね」デインはテスを所長室に招き入れた。なかに入るとデインはドアを半分閉めてテスに近寄ったが、あいだが一メートルしかなくなると、彼女が体を硬くするのがいやでもわかった。こうなるのは予測していたし、おそらく自業自得だろうが、デインは傷ついた。口調が思った以上にきつくなる。「張り込みの現場には近づくなと言ったはずだ」

「近づかなかったわ。わざとはね」テスは淡いブロンドの長い髪をひと筋、落ち着きなく指先でねじった。「ヘレンがいたから手を振っただけよ。張り込むのは夜中だと思っていたから。だってまさか、まっ昼間からプロの探偵がふたりして、おもちゃ屋のまわりをかぎまわってるなんて! てっきり、ヘレンがボーイフレンドの甥《おい》っ子にあげるプレゼントを買ってるんだと思ったのよ」テスのグレーの瞳がデインをにらみつける。「いったいどこを見張るのか言わないほうがいけないんだわ。邪魔するなとしか言わないんですもの。ヒューストンはね、とっても広いの」テスは息まいた。「こっちは騎馬警官と違って、町全体の見取り図が頭のなかに入ってるわけじゃないの！」

デインはまばたきひとつしなかった。指先から立ちのぼるタバコの煙のむこうから、黒い瞳でじっとこちらを見おろしている。

煙が顔にかかり、テスは大げさに咳《せき》をした。

デインは挑むようににやりと笑った。

ふたりは一歩も動かなかった。

そのときドアにおずおずとノックの音がして、部屋のなかの背の高い黒褐色の髪の男と、すらりとしたブロンドの女は、びくっと身をこわばらせた。半分閉まったドアから、ヘレン・リードがひょいと顔を出す。

「帰ってもいい？　もう五時よ」ヘレンはデインの顔色をうかがうように笑いかけた。

「この〝耳〟を持って……」耳とは、探偵に欠かせぬ盗聴器のことだ。「兄貴についていけ。恋多き亭主の張り込みの手伝いだ」

「いや！」ヘレンはうめき声をあげた。「いやよ、デイン。あーだの、うーだの、赤面ものの会話をニックと一緒に四時間も聞くなんて、絶対にいや！　わたし、ニックがだいっ嫌いなの！　それに、こっちはハロルドとデートなんだから」

「きみはそこのお嬢ちゃんに」デインは自分をにらみつけているテスのほうにあごをしゃくった。「いつどこで張り込みがあるのかを教えて、邪魔されないようにすべきところをしなかった」

「だから、謝ったじゃないの」ヘレンはみじめな声をあげた。

「謝るだけじゃだめだ。ニックと一緒に行くなら、解雇を考えなおしてやってもいいぞ」

「首にされたら車両登録課へ戻って、このさき一生、頼まれたってナンバーから持ち主割り出しなんかしてやらないから」

デインはぎゅっと口を結んだ。「おれが騎馬警官になる前、テキサス州公安局に二年間いたこと、言わなかったかな？」

ヘレンはため息をついた。それから半開きのドアを大きく開けると、仰々しくストッキングのまま床に座り込み、長い髪をたらしてデインを拝んだ。彼女のほっそりした体は、床にへばりついてもなお美しかった。バレエを習っているので、身のこなしが優雅なのだ。

「わかった、わかった、帰れよ」デインがぶっきらぼうに言う。「ハロルドにアンチョビたっぷりのピザでも買ってもらうんだな！」

「ありがとう、所長！　じつを言うとね、アンチョビは大好物なの」ヘレンはにっこり笑って手を振り、デインの気が変わる前にさっさと出ていった。

デインはいらいらと豊かな黒髪に指を走らせた。くせのない髪がはらりと額に落ちる。

「おつぎは、人捜しの報酬にただでバハマに行かせろなんて言うやつが出てくるにきまってる」

テスは首を振った。「ジャマイカよ。もう、みんなにきいてあるの」

デインはむこうを向くと、デスクの上の消煙灰皿にタバコの灰を落とした。所員全員のカンパで買った灰皿だ。所員たちはさらにカンパをして、デインを禁煙セミナーへ行かせようとした。デインは全員にポルノ映画館の張り込みをさせた。それ以来、セミナー行きを勧める者はなかった。もっとも、デインは全室に空気浄化装置をつけてはくれたが。

デインは反逆の士だった。まわりがなんと言おうと、自分の道は曲げない。テスもデインに異を唱えることはあるが、自分の信念を貫き通す彼の姿は尊敬せずにはいられなかった。

テスはデインを目で追い、その優雅な身のこなしに見とれた。がっしりした体つきに引き締まった腰、長く力強い脚。まるでロデオのカウボーイのようだ。疲れると、三年前のけがの後遺症で軽く片足を引きずる。現にいまも、デインは疲れているようだった。

テスはデインを見つめ、開業したころに思いをはせた。この私立探偵事務所を開いたとき、デインは地元の警察から情け容赦なく最高の人材を引き抜き、経営が軌道に乗るまでは給料のかわりに、歩合と事務所の株を報酬にした。だが、事務所はたちまちはやりだした。デインはテキサス州騎馬警官に出世する数年前、ヒューストンの警察官だった。それも有能な警官だ。そのため情報関係の方面に顔が広く、それが成功につながったのだ。

テキサス州騎馬警官という経歴も、信用上おおいに役にたった。それというのも、騎馬警官の試験を受けるには八年間の警察官経験が必要で、そのうち最後の二年はテキサス州公安局にいたことが条件だ。筆記試験の結果、上位三〇人が厳しい口頭試問に進む。そして、そのテストを通った上位五人の候補者は一年間、総数九四人の騎馬警官隊欠員待ちのリストにのせられる。デインは幸運にも騎馬警官になることができた。彼はヒューストンのまわりの数郡で、地方警察に手を貸した。もはやネイティブ・アメリカンやメキシコ人ゲリラとの戦いはないが、テキサスはまだ牧場の数が多いので、騎馬警官は現代の牛泥棒追跡に駆り出されたときのため、乗馬にも秀でていなくてはならなかった。デインはテスがこれまでに見たなかでも、最高にうまい乗り手だった。負傷したにもかかわらず、いまでも鞍《くら》に乗れば、車の運転でもするようにらくらくと馬を扱う。

知り合って数年、テスはデインを崇拝してきた。だが近ごろは、その深い想《おも》いをひた隠しにしている。デインの荒々しい激情をひと口味わっただけで、彼への欲望は生まれたそばから消えてしまったのだ。

「わたしには絶対、事件を担当させてくれないんだから」テスはため息をついた。

デインは無表情にちらりとテスを見た。あまりじろじろ見ないようにしているらしく、まるでテスが存在することからして我慢ならないとでも言いたげだ。「きみは秘書であって、探偵ではないんだ」

「あなたが探偵にならせてくれないんじゃないの」テスは静かに言った。「ヘレンにできるなら、わたしにだってできるわ」

「じゃあ、娼婦《しょうふ》の格好で大通りをしゃなりしゃなりと歩けるか?」デインは疑わしげにきいた。

テスはもじもじして顔をそむけた。「まあ、それはちょっとむりかもしれないけど」

黒褐色の目が細くなる。「裏通りのモーテルの男女のやりとりを聞くのは? あられもない写真を撮るのは? 殺人事件の被疑者をふたつむこうの州まで追いかけて、保釈取り消しで逮捕できるか?」

テスは大きく息を吐き出した。「わかったわよ。そういうのはできないかもしれない。でも、やらせてくれたら、人捜しぐらいはできるわ。それなら事件を担当するのとほとんど変わらないだろうし」

デインはいらいらとタバコをもみ消した。長い指が感情を抑えながらもタバコをぎゅっと押しつけるのを見て、テスは落ち着かなくなった。デインは自分を抑えて冷静に構えてはいるが、情熱的な男だ。彼が女性にどう振舞うか、テスはなるたけ考えないようにしていた。あの力強く巧みな手の感触を思い出すだけで、体が熱くなって震えてしまう。でもそれは欲望のせいではない。デイン・ラシターの手の感触は、ひたすら恐怖の思い出だった。

　と、そのとき、テスの心を読んで反応したかのように、デインがぱっと振り向き、刺すようなまなざしでテスを見すえた。テスはまっ赤になった。

「なにを赤くなっているんだ？」元警察官ですらどきりとする、例のものうげなテキサスなまりだ。

「恋多き亭主たちの尾行について考えていたのよ」テスはあいまいにこたえると、バッグをつかんだ。「もう、帰るわ」

「大事なデートか？」いかにも気にしていないといった口調だ。

　テスはすでに、男なんてこんなものとあきらめていた。でもデインの知ったことではないのだから。テスは肩をすくめ、にっこり笑って部屋を出た。

　町は暗く寒かった。街灯は薄暗く、ほとんどついてないも同然だ。荒涼として寒々とした、霧のかかった冬の夜だった。テスはトレンチコートの前をかき合わせた。愛車の輸入小型車を停《と》めた場所まで行く足もつい鈍る。今夜もいつもと同じ。帰るさきは空っぽの部屋。小さなキッチンとバスルームに、ソファベッドを置いた居間兼寝室だけのワンルームのアパートだ。テレビで古い映画でも見て、眠くなったらベッドに入ろう。あしたも同じことのくり返し。違うのは、テレビで見る映画だけ。

　いつもなら、近くで勤める親友のキット・モリスと映画に行くところだ。でもここ二カ月、キットはボスの海外出張のお供で不在だった。もっとも、本人は文句たらたらで出かけたが。テスよりも少し年上のキットはいかなる仕事もこなし、ボスの信頼も厚い高給取りの秘書だった。テスはキットに会いたかった。キットのボスは探偵事務所の常連客で、仕事は毎回、面倒を引き起こすのが得意な彼の母親を捜し出して連れ戻すというものだった。

キットがいないと、テスはひとりの時間をもてあました。ほかには話し相手もいない。もちろんヘレンはいい友達だが、まさかテスの人生最大の心の傷――デイン・ラシターのことを話すわけにはいかない。

テスはショルダーバッグを肩にかけ、両手をポケットに突っ込んだ。まるで、このみじめな夜のような人生だ。寒くて、空っぽで、ひとりぼっち。

ビルの玄関を出ると、街灯の下に身なりのいい男がふたり立っていた。テスがいぶかって見ると、片方の男が白い包みのぎっしりつまったブリーフケースをふたを開けたまま相手に渡し、それと交換に分厚い札束を受け取っていた。テスはなんの気なしににっこり会釈し、ふたりがぎょっとしているのにも気づかず、人けのない駐車場に向かった。

「見られたかな?」片方がもうひとりにきいた。

「見たにきまってるだろ!　つかまえるんだ!」

テスはそのやりとりこそ聞かなかったが、だれかが走ってくる音には気がついた。気になってうしろを振り返ると、あとはふたりの男が近づいてくるのをわけもわからずただ見ていた。どうも彼女を追いかけてきたみたいだ。怒鳴り声が聞こえ、テスはその場に凍りついた。金属らしきものが街灯に照らされて鈍く光るのが見え、眉をひそめる。明かりが銃身に反射したのだと理解するまもなく熱いものが腕を突き刺し、テスの体は反転した。つぎの瞬間、耳にはじけるような音が響き、テスは悲鳴をあげて呆然《ぼうぜん》と地面に崩れ落ちた。

「殺したのか?」片方が叫んだ。「このばか! これじゃコカインの取り引きじゃなくて、殺人で追われるぞ!」

「黙れ! ちょっと考えさせろ! まだ死んでないかも……」

「ずらかろう! 銃声を聞かれてる!」

「この女はあのビルから出てきたよな。おい、探偵事務所はまだ電気がついてるぞ」もうひとりの男がうめくように言った。

「まったく、取り引きになんて場所を選ぶんだよ。逃げろ! パトカーのサイレンだ!」

たしかにそうだった。通りがかりの人の通報を受けたパトカーが、事務所のあるビルの横丁を猛スピードで入ってきた。暗い駐車場の地面に横たわる人影をのぞき込んでいたふたりの男を、照明灯が照らし出す。

「しまった!」ひとりが叫んだ。「逃げるんだ!」

テスはだんだん意識が遠ざかり、逃げる足音はほとんど聞こえなかった。変だ。顔があげられない。舗装した地面が頬にあたって、冷たく湿っぽい。それ以外は全身、なにも感じなかった。

「だれかを撃っていったぞ！」べつの声がした。「どっちも逃がすな！」

さらにはじけるような音が響いた。黒い靴をはいたふたりの警官がテスの目の前を横切り、身なりのいい男たちを全速力で追いかけていった。

「テス！」

テスははじめ、だれの声だかわからなかった。いつも冷静でとり乱すことのないデインが、そんなせっぱつまった荒々しい声を出すなんて、およそ彼らしくない。

デインはそっとテスをあおむけにした。ショック状態のテスはぼんやりと彼を見あげた。腕がじっとりして重く、熱をおびてきた。声を出そうとすると、驚いたことに口が動かない。

デインはテスの腕がどす黒くべっとりしているのに気がついた。弾がコート地に穴を開け、下から血が噴き出している。「なんてことだ！」デインは歯をきしらせた。表情は彫像のように硬く、なんの感情もうかがえない。だが、陰になったその顔のなかで目だけが生気にあふれ、怒りにきらめいていた。

警察官の片方がふたりのところへ走って戻ってきた。彼は拳銃《けんじゅう》を手にしたままテスの横にひざまずき、荒っぽい口調できいた。「撃たれたのか？　ひとりが発砲するところが見えたんだが……」

「撃たれている。救急車を頼む」デインの黒い瞳が一瞬、警官の目を見た。「早く。出血がひどいんだ」

警察官は裏通りに駆けていった。

デインも時間をむだにしなかった。テスの腕をコートから引き抜く。ブラウスにできた破れ目からは鮮血が吹き出しており、彼は顔をしかめて小声で毒づいた。ハンカチを出して振り広げ、傷口に強く押しあてる。テスが痛みに声をあげても、デインは手をゆるめなかった。

「じっとして」彼は静かに言った。「動かないで。あとはおれに任せろ。大丈夫、すぐ治るさ」

テスは身震いした。涙が頬を伝う。デインが傷口を押さえるまで全然痛くなかったのに、それがいまやものすごい痛みだ。傷口にハンカチをまいてぎゅっと縛るあいだ、テスはただ泣いていた。デインは薄手のコートを脱ぐと、テスをくるんだ。それからバッグを拾い、それを使って足を高くしてやった。そしてふたたび傷のほうを見る。出血はなおもひどく、テスは自分の腕を見て不安になった。だが、デインが動じることなくてきぱきと応急処置をするので、とり乱さずにすみそうだ。デインを見るとなぜか安心できる。少なくとも、怖いと思っていないときは。

「出血多量で死ぬの?」テスは小声できいた。

「いや」車が近づいてくる気配に、デインはぱっとうしろを見た。そして、これまでテスの前では使わなかったようなことばを吐き、パトカーが止まると立って警官を呼んだ。「車に乗せるから手を貸してくれ! 出血がひどくて、救急車が来るまで待っていられない」

「いま、携帯無線で相棒を呼び出した。犯人の片割れを連れて戻るそうだ」警官はデインを手伝ってテスを後部座席に乗せた。「車のエンジンがかかるまでに来なかったら、やつには署まで歩いてもらうさ」

「よし」デインはテスの頭を膝にのせた。「じゃ、行こう」

警官が運転席に乗り込んだところへ、彼のパートナーが手錠をかけた男を連れて現れた。デインは体を硬くした。

「M-二〇が急行中だ」警官がパートナーに叫んだ。「けが人を乗せてるんだが、そっちはひとりで大丈夫か?」

「大丈夫だ! 早く病院へ連れていってやれ」パートナーが怒鳴り返してきた。

年配の警官はみごとなハンドルさばきでパトカーをとばした。テスも吐き気と痛みがなかったら見とれていたところだ。

数分後、パトカーは市民病院の救急入り口前で止まったが、テスにはわからなかった。

気を失っていたのだ。

ふたたび目を開けたとき、窓からは日がさしていた。テスは目をしばたたいた。頭がぼうっとして心地よい。肘の上あたりがはれて熱っぽい。テスはその箇所を分厚くぐるりとまいた白い包帯をしげしげと見た。体を動かそうとすると、管がつながっているのに気がついた。

「点滴を抜くなよ」ベッドの横の椅子に座っていたデインが声をかけた。「針を入れなおすのはあまりいいものじゃないからな」

テスは横を向いてデインを見た。頭が混乱してめまいがする。「暗かったわ」テスは眠そうな声でぼそっと言った。「男の人たちが追いかけてきて、どっちかに撃たれたような気がするけど」

「ああ、きみは撃たれたんだ」デインが怖い表情でこたえる。「麻薬の売人さ。いったい、なにがあったんだ？　売人と警官のあいだで流れ弾にあたったのか？」

「いいえ」テスはうめいた。「麻薬を渡すのを見ちゃったのよ。それであの人たち、動転したんだろうけど、わたしは追いかけられるまで自分がなにを見たのか全然わかってなかったわ」

デインは体をこわばらせた。「見ただって？　きみは麻薬の取り引き現場を目撃したのか？」

テスは力なくうなずいた。「そうみたい」

デインは低く口笛を吹いた。「もし、やつらがきみの顔やあのビルを覚えていたら……」

「ひとり、逃げたわ」

「きみを撃ったやつだ」デインがきっぱり言った。「捕まったほうの男にも、長く引き止めておくだけの材料はないそうだ。警察も告発はするが、罪状認否がすんだらおそらく保釈になるだろう。だが、きみの証言ひとつで、やつは麻薬取り引きでぶた箱行きだ」

「撃ったのはもうひとりだけど、逮捕された男もその場にいたのよ。共犯で逮捕できないの？」

「さあね。警察には警察の考えがあってね」デインは謎《なぞ》めいたことを言い、心配そうな顔になった。実際ひどく心配そうだった。

「あなたはきっとよく知っているんでしょうね」テスは眠そうにぶつぶつ言った。「長いこと、悪いやつを逮捕しては刑務所に送り込んで……」

「たしかに、犯罪者心理は知りつくしているさ。だが、急所を一気につかれたとなると、事情は変わってくるんだ」デインはテスの青白い顔をじっと見た。「がらっと変わってくるんだよ」

撃たれたことをデインが心配しているように聞こえるなんて、きっとわたし、寝ぼけているんだわ。テスはそう思うことにした。だって、そんなことがあるはずがない。デインは父を亡くしたわたしを哀れんで雇ってはくれたけど、わたしを嫌いぬいている。デインはわたしの天敵。そんな彼が、わたしの身になにか起きたからといって心配するわけがない。

デインは疲れた様子で伸びをした。広い胸板に白いシャツが張りつく。「けさの気分は？」

テスは包帯にさわった。「ゆうべよりましよ。わたし、お医者さんになにをされたの？」

「弾を取り出してもらったのさ」デインはシャツのポケットから弾を出してテスに見せた。「三八口径だ。記念品だな。台紙をつけて額に入れておけよ」

テスは顔をしかめた。「それよりもわたしたちで、犯人を台紙につけて額に入れない？」

デインの黒い眉がつりあがった。「そんなことは警察に任せるさ」彼はすげなく言った。「うちに帰れる？」

「もう少し力がついてからだ。出血がひどかったし、弾の摘出に麻酔を使ったからね」

「ヘレンが聞いたらきっとかんかんになるわよ」テスはにやりとした。「私立探偵のヘレンにはなにも起きなくて、わたしのほうが撃たれたんだもの」

「さぞ、悔しがるだろうね」デインはじっと座ったまま、柔らかく波打つブロンドの髪に縁どられたテスの顔を凝視した。彼は長いことそうしていた。

「心配しているのなら、わたしは大丈夫だから」テスは眠そうに言い、目を閉じた。「でも、そんなはずないわよね。わたしのこと、大嫌いなんだもの」

その声はしだいに消えていき、テスはまだ肉体が求めている眠りに吸い込まれていった。デインはなにも言わなかった。だが、そのまなざしはけわしく、もしテスの命があの冷たいコンクリートの上で散っていたら、自分がいまごろどんな思いをしているか、よくわかっていた。

デインは椅子から立って窓ぎわへ行き、ふたたび伸びをした。疲れた。テスを病院へ運び込んでから、一睡もしていない。手術のあいだは廊下を行ったり来たりして、医師のことばを待った。いままでの人生で最も長い夜だった。

ベッドから小さな声がもれ、デインは振り向いた。両手をポケットに入れてベッドのそばへ寄り、テスの胸がゆっくり上下するのを見守る。病院のガウンは味もそっけもなく不似合いだ。テスはやせすぎていた。デインは長いこと彼女に冷たくしてきたことや、容赦ない敵意を向けてやさしい内気な娘を口数の少ない自信なげな女性に変えてしまったことを思い、顔をしかめた。テスは彼を愛そうとしたのに、彼は手ひどくはねつけた。もっともデインが手荒い方法にうったえたのは、彼が残酷だからというより、むしろたける欲望に駆られたからで、やさしくするすべを知らなかっただけなのだ。おまけにテスがバージンだったとは。テスは泣いてデインから逃げ、かろうじて自分の身を守った。それ以来、決してデインには近づかない。こちらからあとを追って、女性にやさしくするのには慣れていないと言い訳するのは、デインのプライドが許さなかった。テスに泣かれ、おかしくなったように逃げられるというのは、ひどい打撃だった。だが、テスはそれを知らない。

デインはあのときの心の痛みを隠すのに、わざと正反対の態度をとった。だからテスが彼に憎まれていると思い込むのもむりはなかった。デインはまた、テスにまるで病原菌のように思われてもこっちは平気と、自分にくり返し言い聞かせた。それどころか、テスにまつわりつかれるのがうるさいので、わざとああしたのだと意気がった。

デインは自分が撃たれたあとのつらい日々を思い返した。みんなが彼を見捨てていった。母親はうわべだけはとりつくろっていたものの、ずっと彼を憎んでいた。妻のジェーンまでが大っぴらに浮気をしたあげく、デインを捨てて離婚の申請をした。だが、テスだけはかたときも離れずデインにつき添い、生きて戦う気を起こさせてくれた。テスは暗黒の世界にさす光だった。なのに、デインはあのいとおしいほどのやさしさをむげにしてしまった。それを思うと胸が痛む。ゆうべ、一歩間違えばテスは死んでいた。デインの胸はいっそう痛んだ。

静かなノックの音がして、看護師が入ってきた。彼女はデインにほほえむと、テスのそばに寄って脈拍や体温を計りはじめた。

「ついてましたね」体温を計りながら、看護師がなにげなく言った。「あと何センチか横にずれてたら、だめだったところですもの」

なにげないひとことがデインを鋭く突き刺した。デインはテスの寝顔を見つめ、目をしばたたいた。テスが死んだら、ひとりぼっちだ。おれにはだれもいなくなってしまう。

そう思うとデインはじっとしていられず、ぼそぼそ言い訳をして部屋を出た。長い廊下を歩きながらもなにも目に入らず、駐車場へ行くあいだじゅう胸がどきどきと激しく打った。黒のベンツはゆうべ、手術中にヘレンが持ってきてくれていた。事務所に電話して、テスの容体を知らせなくては。デインは腕時計を見た。もう、仕事をしている時間だ。アパートに帰ってシャワーと着替えをすませる前に、事務所に寄っていこう。

デインは車のロックを開けたものの、すぐには乗らず、ドアの取っ手に手をかけたまま病院を見あげた。テスはどう転んでも親戚《しんせき》ではない。親たちは結婚しなかったのだから。だが、それぞれの親は死に、デインもテスもひとりっ子だ。

デインは荒いため息をひとつつくと、ドアを開けて乗り込んだ。だが、すぐにはエンジンをかけなかった。デインは袖《そで》についた血を見た。テスの血だ。あのときデインには、流れ出す血がまるで自分の血のように思えた。テスはこの腕で死んでいたかもしれないのだ。

かつて、テスはにこにこと明るく、デインを喜ばせるのに必死で、どうしようもないほど彼に恋をしていた。デインはまぶたを閉じた。彼はその甘い感情を殺してしまったのだ。あの昼さがり、長いことくすぶっていた欲望についに屈して、不器用にも猛然と迫ったため、甘い思いが一転して恐怖になってしまった。あれほどだれかを欲しいと思ったことは、かつてなかった。だが、やさしさに縁のないデインは、テスをすっかりおびえさせてしまった。わざとではなかったが、もしかしたらすっかりテスのとりこになる前に、潜在的に彼女を遠ざけたかったのかもしれない。男は結婚に失敗すると臆病《おくびょう》になるものだ、とデインは苦々しく思い、三年前テスにはじめて会ったころのことを思い出した。

テスとデインがはじめて会ったのは、それぞれの親に呼ばれてレストランで顔合わせをした晩だったが、その後は祝日や祭日以外ほとんど会うこともなかった。デインは妻のジェーンとうまくいっていなかった。くわえて母親のニータまでが意地悪く、ジェーンがほかの男といたらしいとわざわざ教えてくれた。まるで息子の妻が堂々と浮気しているのをおもしろがっているかのようだった。

デインにとって、いい時期ではなかった。さらにワイアット・メリウェザーとニータ・ラシターが婚約を発表した朝、デインは銀行強盗との撃ち合いに出くわし、郡立病院の救急治療室で生死の境をさまようはめになった。

知らせを聞いたテスがすぐに飛んできた。父の運転で来たのだが、ニータは在宅で、ジェーンは居所知れずとわかると、父は帰っていった。

だがテスは、その夜もつぎの日も病院に残った。その階の担当看護師に、デインとは近いうちに義兄妹になるはずで、ほかに面倒を見る者はいないと説明すると、集中治療室にも入れてもらえた。テスはデインの手を握り、額を撫《な》で、肩や背中や片脚の裂傷をまのあたりにして、銃弾が残していった爪痕《つめあと》にすくんだ。

「また歩けるようになるのか?」デインは意識が戻ると痛々しい声できいた。

「もちろんよ」テスはにっこりほほえんだ。そして、彼を包み込むようにやせた顔に触れ、額にかかった髪を撫であげた。

デインは目を閉じ、低い声をもらした。「ジェーンやおふくろは?」厳しい口調で問いただす。

テスはためらった。

デインの黒い瞳がふたたび開いて怒りをたたえた。「あいつはおれの相棒と寝ていたよ。やつが話してくれた」

テスは顔をしかめた。

デインは冷たく笑うと、眠りに落ちていった。

数週間後、デインの人生は変わった。ジェーンは一度すまなさそうにぎこちない様子で病院に現れたが、それも、離婚を申請したので成立したらすぐに再婚するつもりだと言うためだった。デインの母は戸口からなかをのぞき、〝あら、大丈夫そうね〟と言うと、ワイアットとセーリングに出かけてしまった。

家族の態度に腹をたてたテスは、デインの回復に献身的につくした。

自分が面倒を見なくては、と思ったのだ。デインはおそらく、ジェーンのことを聞かされて注意力が散漫になったため、撃たれてしまったのだ。そのジェーンが彼を捨てて出ていった。そして、実の母親までがとうに彼を見捨てている。そこへもってきてデインは失業した。背骨に損傷を受けているので、このさき長時間勤務はむりかもしれないと、外科医たちが言ったからだ。

デインはその凶報を聞くとひどく沈み込み、あきらめかけた。

「そんなことじゃだめよ」テスはデインの細い顔から生気が失《う》せたのを本能的に感じとり、やさしく言った。しばらく椅子に起きあがっていた彼の横にひざまずき、手を取ってしっかり握り締める。「あきらめないで。あの人たちは、働けないかもしれないと言っただけよ。まだ断言したわけじゃないわ。いちいち気にしちゃだめよ」

「だめ？　いまさら遅いさ」デインはそっけなく言うと目をそらした。「きみももう帰れよ」

「もうすぐわたしのお兄さんになるんじゃないの。早くよくなって」

デインはテスをにらみつけた。「そんな二〇《はたち》歳前の妹なんかいらないね」

「でも、親同士が結婚すれば妹になるのよ」テスは快活に言った。「ほら、元気を出して。タフなんでしょ？　騎馬警官だったんじゃないの」

デインの顔から表情が消える。「〝だった〟はよかったな」

「たしかに、しばらくはベストコンディションとはいかないかもね。でも、それがなによ？　ねえ、デイン、警察にいた経験を生かせば、いろいろなことができるわ。神様は扉を閉ざすときは、かならずべつの窓を開けてくださるの。そういうふうに考えれば、こんどのことだってなにかのいい機会だわ」

デインは黙っていた。だが、耳は傾けた。黒い目を細めてテスの瞳を探る。「女は嫌いだ」

「でしょうね。考えてみれば、いい女の人に恵まれてないもの」

「ジェーンと結婚したのは、おふくろの神経を逆撫でしたかったからさ。あいつが欲しくなかったというわけじゃないがね。ジェーンは結婚や子育てをしたくてうずうずしていた。彼女の望みはそれだけだったんだ」デインは彼女に捨てられたのを思い出すだけでも身を切られるといわんばかりに、顔をそむけた。「もう、帰れ。看護師ごっこをしたいなら、よそでやってくれ」

「だめよ」テスは肩をすくめた。「自己憐憫《れんびん》にひたってるあなたを、引っ張りあげる人がいなくなっちゃうもの」

「ちくしょう！」デインは語気荒く言い放ち、テスと目が合うと脅すようににらんだ。

テスはびくつくまいと、にっこりほほえんだ。もう仕事はむりだと言い渡されてからはじめて、デインがなんらかの感情を見せたのだ。「その調子よ。コーヒーでも飲む？」

デインはためらった。だが一分もすると、まだだれかの助けが必要といういらだたしい現状に屈した。デインがうなずくと、テスは小走りで廊下の自動販売機にコーヒーを買いに行った。デインはどうにもならない思いで彼女のうしろ姿を見送った。これまで、女と名のつくどんな人間にも、こういうふうにされたことはなかった。だれかに心配され、かまってもらうなどまったくの新しい経験で、落ち着かなかった。母や、とくにジェーンの場合は、〝わたしをかまってくれなきゃいや〟だった。だが、テスは違った。違いすぎた。デインの心はとらわれつつあったが、彼女に思われているからだけではなかった。テスの体を見ると、もう何年も感じたことがないほどの欲望を感じるのだ。テスはジェーンよりもはるかにデインをかき立てる。デインは心配になった。いつか厄介なことになるかもしれない。テスはまだ一九歳だ。デインは目を閉じた。もちろん男の経験はあるだろう。近ごろの若い子はみんな経験しているから。テスはまだ一九歳だ。デインは目を閉じた。もちろん男の経験はあるだろう。近ごろの若い子はみんな経験しているから。だが、そんな心配をするのはもっとあとのことだ。いまはまだ必要ない。

デインはテスが言っていた〝新しい仕事〟について考えた。彼は口を固く結んで思いにふけったが、頭が回転しはじめたとたんに顔がほころんだ。

それからの数週間、テスは毎日決まった時間にやってきてはデインの相手をし、おしゃべりをしていった。デインはテスが来るのを認め、やがて彼女の前ではくつろぐようになった。テスに急速に魅力を感じるのにはあらがったものの、それでもふたりは親しくなっていった。

だが、魅力を感じると、テスにやさしくしようと努力するのがだんだん難しくなった。ある月曜日テスがアパートに来てみると、デインはひどく機嫌が悪く、投げやりな様子でベッドにころがっていた。

「また来たのか。いったい、なにが望みだ?」デインは冷たく問いつめた。

彼の癇癪《かんしゃく》にはもう慣れているので、テスはほほえむだけだった。「あなたに早く元気になってもらいたいだけ」さらりとこたえる。

デインはあおむけになるとまぶたを閉じた。「もう、行けよ。学校に遅刻するぞ」

「卒業したわ。もう、夏よ」

「じゃあ、就職しろ」

「いま、夜間の秘書専門学校に通っているの」

「で、昼間、働いているわけか?」

「まあね」

デインは顔だけをこちらに向けた。「まあね?」

テスはにっこりした。「パパは、あなたを元気にしてあげるのも仕事のうちだな、って」

もっとも、それを言ったのはこっちで、父はただうわの空でうなずいただけ。ニータはあのときしか息子を見舞っておらず、それも五分以下。だが、テスはデインに首ったけだった。スタイルをよくしようとダイエットにはげみ、長い回復の日々のうちにデインが気づいてくれるのを夢見た。さしあたってまだ効き目はないけれど、いつかかならず。

「ほう、精神医学や物理療法をする資格があったのか？」デインは痛烈にあてこすった。

テスはいやみをやりすごした。デインが傷ついているのはわかっているので、自分がそのはけ口になるのはかまわなかった。テスはバッグを置くとベッドの横に立ち、ポニーテールを揺らしてデインの上に身を乗り出した。

「うちの父とあなたのお母さんは結婚するの。そうなったら、あなたはわたしのお兄さんよ。いまからお兄さんの世話をする練習、しておかなくちゃ」

デインはテスをにらんだ。「世話なんかやいてくれなくてけっこう」

「けっこうじゃないわよ」テスは明るく言い返した。上腕部の傷跡が白いTシャツの袖からのぞいている。背中にはもっとひどい傷がある。デインは知るまいが、テスはそれも見ているのだ。「痛かったでしょうね」テスの声が、表情と同じように、やさしく和む。「けがなんかして、とても気の毒に思ってるわ、リチャード」

「デインだ。リチャードと呼ばれるのは好きじゃない」

「わかったわ」

「それに、女子高生の子守女なんてごめんだ」

「それにしてもあなたのお母さん、どうしてちっともお見舞いに来ないの？」テスがいぶかった。

デインは視線をそらした。「父を恨んでいるからさ。おれは父親似でね」

「まあ」おずおずとではあるが、テスは意を決した様子でさらに近寄った。「ねえ、家族が欲しいなんて思うことない？」そんなつもりはなかったが、沈んだ声になる。「わたしにはたったひとり祖母がいるけど、祖母はほかにだれもいないからわたしを引き取ってくれただけ。母はわたしが小さいときに死んだの。パパは……」テスは肩をすくめた。「パパは昔から家庭的じゃなくて。だから、わたしは天涯孤独。それに、こう言ってはなんだけど……あなたもひとりぼっちみたいだし」テスは体の前でぎゅっと手を組んだ。「おたがいの家族になるっていうの、どう？」

デインは顔をこわばらせ、きっとテスをにらみつけた。「家族なんかいらない」彼はぴしゃりと言った。「それも、よりによってきみなんか！」

「そのうち、こんなわたしでもよくなるかもよ」テスはデインのことばに傷ついたが、笑ってごまかした。もちろん、彼がわたしを望むわけがない。いままでだって、だれも望んでくれなかったのだから。

デインはそれきり口をきかなかった。だが、テスを無視しても、追い払うことはできなかった。テスは本や音楽を持って、毎日欠かさずやってきた。食事の世話をし、ともに過ごし、あれこれ話しかけ、意見を戦わせ、励まし、そして、気のないいやな顔をされるにもかかわらず、静かに恋に落ちていった。

デインへの想いが顔に出ていることに、テスは気づいていないようだった。だが、恋に輝くその顔を見れば、彼女がどう思っているかは一目瞭然《りょうぜん》だ。デインは不本意にもそんなテスに気づき、彼女を身近に置いて回復の日々を過ごすうちに、その黒い瞳にますます強い欲望をつのらせていた。しかしテスはまた、それにも気づいていなかった。デインはテスがいることに慣れ、一緒の時間を楽しみ、彼女を欲した。テスはこれまでに知っている女とはかけ離れていた。愛とやさしさにあふれ、どこか妙に傷つきやすい。いまやデインはテスにかまってもらうのが生きがいだった。テスの来るのが楽しみになった。

だがそうはいっても、自分がテスに愛着を感じていることに気づくと、やがて落ち着かなくなった。さんたんたる結婚生活を経験したあとでは、だれかと深くかかわるのは恐怖だった。薄情な母の神経を逆撫でしたくて、母が嫌っているジェーンと結婚したというのはほんとうだが、それでもはじめのころはジェーンに惹《ひ》かれていたし、彼女のほうもデインを愛しているふりをした。だが、いざ結婚すると、ジェーンはデインとの性的交渉を嫌悪した。そして追い討ちをかけるように、彼のヒューストン警察時代のパートナーと大胆な浮気だ。それがデインに対する復讐《ふくしゅう》なのはわかっていた。ジェーンは銃弾よりも深い傷を残して去っていった。テスも女だ。ほんとうにおれを愛しているわけではなく、同情と肉体的魅力に舞いあがっているだけということだって、充分あり得る。

ひとたび疑いが頭をもたげると、デインは以前のように不機嫌になり、やがてあからさまな敵意を見せるようになった。そして、ことあるごとにテスを押しやったが、テスのほうはデインにうとまれているのを頑として認めようとしなかった。

デインは予想を裏切る速さでふたたび歩けるようになり、どんどん力をとり戻した。健康になると男の精力も戻ったが、それがテスの女らしさに突如反応して、とんでもない出来事を引き起こした。

ある日の昼食どき、白いペザント風ドレスにカラフルなベルトを締めたテスが、手製のケーキを手みやげに、ブロンドの髪を肩になびかせ足取りも軽やかにデインのアパートに入ってきた。デインは間に合わせに作ったジムで汗を流していたところで、ジーンズに裸足《はだし》、たくましい胸をおおう白いTシャツは湿っていた。けがをしたほうの足を軽く引きずってはいるが、もうひとりで歩ける。つぎはもっと体力をつけて、足を引きずらずに歩けるよう頑張っているところだった。だが、テスを見るとデインは力がなえ、ふたたび完全な無防備にさせられた。

まったくもって自分の意志には反するが、デインはテスがたまらなく欲しかった。もうずいぶん女性に触れておらず、必要にも迫られている。テスには我慢できないほどそそられた。うっとり見つめられ、長いことくすぶっていた欲望が手に負えなくなっていく。

テスは自分がデインの打算的なまなざしを浴びていることも、その黒い瞳に危険なきらめきがあることもつゆ知らず、キッチンのカウンターにケーキを置いた。

「それ、なんだい?」デインは近寄ると、彼女には聞かせたことのないような官能的な声できいた。

「ただのパウンドケーキよ」デインがすぐそばにいるのでテスはひどくどきどきし、恥ずかしくなって目をそらすと、息もつまりそうな声でこたえた。デインの体にはほれぼれする。「甘いものが好きなんじゃないかと思って。調子はどう? その……前よりずっと元気そうね」テスはまるでデインを見ているとうれしくもあり、恥ずかしくもありといった表情で、視線を落とした。

テスの性生活、あるいは性生活の欠如などについては考えもしなかった。もしそこに思いいたっていたなら、ああいうことにはならなかったかもしれない。だが、このときデインの頭にあったのは、彼をさいなむうずきを、最もてっとり早い方法で癒《いや》すことだけだった。

「甘いものか、いいねえ」デインはテスをあとずさりさせてカウンターに押しつけ、低い声で言った。「きみも好きなんだろ? いつもうっとりした目で、おれを悩ませてさ。きみの気持ちが、いやでもわかるよ。望みはこれか?」デインはかすれた声で言うと大胆に腰を押しつけ、どれほど自分が熱くなっているか、そのあからさまな証拠をテスに感じさせた。テスの顔がまっ赤になったが、デインは見ていなかった。視線は、うっすら開いたテスの唇に釘《くぎ》づけになっていた。「きみが欲しくてたまらない！」

衝撃と恐怖がいりまじり、テスはなにも考えられなくなってしまった。なにか言って抵抗するまもなく、デインの飢えた固い唇がおおいかぶさってきて、腰でカウンターに押さえつけられた。デインは両手でテスを抱きあげると欲望もあらわな自分の体に引き寄せ、未経験でもことのなりゆきがわかるような激しさで、彼女の口に舌を割り込ませた。

テスのキスの経験はほんの一、二度で、相手も彼女がうぶなのを知っていた。そのテスはいま、経験豊かでなくてはこたえられないような抱擁を受け、恐怖のどん底に突き落とされていた。

体を硬くして、必死でデインの胸を押しやろうとするのだが、デインはのぼせていてそれすら気づいていない。やせた手に乳房を荒々しく包まれ、片脚で脚を開かされ、テスはすっかり動転した。

「デイン……いや！」恐怖に目を見開き、あえぐ。

だが、デインには聞こえていなかった。「そうだ」息をはずませてあえぎ、たくましい腕に力を込める。「おれが欲しいんだろ?」なにもわかっていないデインは体を震わせて、むき出しになったテスの肩やのどを唇で焦がし、ふたたび彼女の口を熱くしっかりと荒々しくとらえた。スカートの下に両手をさし入れ、素肌の太腿《ふともも》をつかんでテスの体を持ちあげた。無垢《むく》なテスの体に、欲望むき出しのデインの体が押しつけられる。

その衝撃的な感触にテスは震え、息をのんだ。そして、デインの唇の下で恐怖にうめく。

「このまま、ここで」デインがうなる。その声は震えていた。デインはまるで自分の欲望だけが重要で、テスはそのはけ口にすぎないといわんばかりに、これまでどんな男性もしなかったような手つきでテスの素肌をさわった。

だが、彼は息をはずませてふいにテスを床におろすと、つかのま顔をあげた。瞳は燃えたぎり、力強いその手も、その体も、かすかに震えている。「背中がもたない。続きはベッドで……」デインがささやいた。

逃げるならいましかない、とテスは思った。彼女は頭をくぐらせ、デインの腕から逃げた。テスがおびえているのは一目瞭然で、たける欲望に目がくらんでどうにも止まらなかったデインも、さすがに気がついたようだった。感情抜きのセックスの予感は、テスをひどくゆさぶった。テスはグレーの瞳を悲しみに見開き、キッチンに響くほどのすすり泣きをもらして、デインからあとずさった。

「来ないで!」デインが近づくとテスは叫んだ。彼がどうするつもりかは黒い瞳を見ればわかる。「さわらないで!」

このときようやく、デインはテスが彼を怖がっていることに気がついた。柔らかな感触に酔うあまり、彼女のおびえきったまなざしを見るまでわからなかった。デインは懸命に息を静めた。自制心を失っていたのだ。こんなことははじめてだった。

デインはどきりとするほど黒い瞳でテスを見つめ、徐々にいつもの冷静な表情に戻った。「自分で招いたことじゃないか」正気をとり戻そうと必死のデインは、鋭い辛らつなことばを浴びせた。

「違うわ！」魂の叫びだった。

「きみはおれが欲しかった。ほかに、足しげく通う理由があるか?」デインは吐き出すように言った。

「あなたを愛しているからよ」テスは両手で胸を抱き締めてすすり泣き、平静を失って本音をもらした。

「愛！」デインはテスをにらみつけ、いまだ欲望にうずくたくましい体をぶるっと震わせた。「わかった。じゃ、愛してるならこっちへ来いよ。証明してみろよ、この冷たいじらし屋が」デインは抗しがたいほどの欲求不満を押し隠し、あざわらった。

テスの心は、頬を濡《ぬ》らす涙のように冷たくなった。テスはデインを深い苦悩のまなざしで見つめ、ささやいた。「いや。だって……乱暴なんですもの」

テスに恐れられ、デインはかっとした。おれの愛撫《あいぶ》を拒み、悪意に満ちた容赦ないあてこすりでおれをなじったジェーンと同じではないか。「いやだ?」デインは冷ややかにきき返した。「じゃあ、その気がないなら出ていけ。こっちは、きみにはセックスしか求めてはいないんだ。まったく！」テスがびくっとしてあとずさり、デインは思わず言った。

「どうしておれじゃだめなんだ？　ほかのやつとはあったくせに！」

テスが頬を紅潮させて目を見開き、ぶるぶる震える。デインはここへきてようやく、ほかのやつなどいなかったことに思いあたった。もし経験があるなら、たとえデインの前でもこんな顔はしないはずだ。

デインはぞっとした。「テス、バージンなのか？」

デインのそのまなざしに、テスは気絶しそうだった。もう、デインとは顔を合わせられない。テスはバッグをつかむと、アパートから飛び出した。デインは黙ってテスのうしろ姿を見送った。あとは追わなかった。詫《わ》びの電話もしなかった。デインは、これが唯一の逃げ道と自分に言い聞かせた。テスには、わざとやったのだと思わせよう。テスにかかるとおれは弱い。こっちは、彼女になにもしてやれないのだ。考えようによっては、このほうが彼女のためだ。デインは冷えた心と同じくらい冷たい目をして、自分の部屋に戻った。女は金輪際信用しまい。たとえ、テスでもだ。テスがバージンだったとは。なぜ、わからなかった？　深く傷ついていなければいいが……。

デインは、危ういところで難を免れたと思うことにした。やがてデインが装う無関心と敵意が、テスの活気を殺してしまい、いまや彼女はもの静かでよそよそしく、デインの前でもいくらか内気だった。テスの父親が死んだとき、デインは彼女を秘書に雇った。デイン以外に身内もないので、助けてやりたかったのだ。結果はうまくいったが、昔のテスをかいま見ることができるのは、怒らせたときだけだった。だからこそ、いつも彼女を挑発してしまうのかもしれない、とデインはひとり静かに認めた。

いらだたしげに車のエンジンをかけ、事務所をめざす。なかに一歩入ると、職員が全員待ち構えていた。テスが職員に愛されているのも当然だ。みんなのために、いつも、なんでもしてやるのだから。

「彼女、大丈夫?」ヘレンが大きな黒い瞳を心配そうに曇らせて、まっさきにきいてきた。

「大丈夫だ」デインはみんなを安心させた。「麻酔のせいでまだぼんやりとしているが、後遺症は残らない。完治するそうだ」

「いつ退院できるの?」なおもヘレンがきく。「うちに来るといいわ。まだひとりじゃむりだもの」

「いや、うちに泊まらせる」デインのそのひとことに、言った本人を含む全員が仰天した。「牧場へ連れていくよ。事務所に出なきゃならないときは、ホセやベリルに世話を頼めるからな。再来週ぐらいまでの派遣社員は頼んでくれたか?」デインがヘレンにきく。

「もうすぐ来るはずよ。派遣会社によれば、入力、口述筆記のスピードはばっちり、口も堅いって。おしゃべりで仕事をだめにされる心配はなさそうね」

「そいつはよかった」デインの視線がなんとはなしにテスのデスクへ漂う。テスの姿がないと胸が痛んだ。「テスの予定表を見てくれないか？」デインはヘレンを見て、いらいらと言った。「きょうの予定がどうなっているかも知らないんだ」

「ハーヴィ・バレットと昼食の約束があるわ。ゆすりの件ね。午後の面会は、娘さんを捜しているアリソン夫妻と、奥さんの尾行を頼みたいっていう男性よ」

「午前中は？」

ヘレンは予定表を見て首を振った。「急ぎの約束はないわ」

「そうか。じゃ、これからアパートに帰って着替えたら、昼食の時間まで病院に行ってるよ」

ヘレンは眉をひそめた。「あら、テスは大丈夫なんじゃなかったの？」

デインはそれにはこたえず、ドアへ向かった。「なにか用があったら、病室に連絡してくれ」そう言って、病室の番号を教える。

「オーケー。みんな、寂しがってるって伝えて」

デインはうなずいた。彼は事務所のことなど考えていなかった。頭にあるのはテスのことだけだった。

2

なかば目覚めたとき、物音がした。目を開けると、デインがベッドの横の椅子にかけるところだった。

「なにしに戻ってきたの？」テスは体をこわばらせた。「仕事があるでしょ？」

「きみの面倒を見るのも仕事のうちさ」

そのひとことで、彼が撃たれたときのことや、そのあとのつらい思い出がよみがえった。テスは押し寄せる痛みにまぶたを閉じた。「お願い、帰って」

デインは大きく息をついた。テスの苦悩の表情を見るのはつらい。「看病する者がいないじゃないか」

たしかにそうだ。祖母は一年前に他界していた。

テスは感情をひた隠し、デインの目を見て静かに言った。「あなたは雇い主にすぎないわ。なにもわたしの面倒まで見なくていいのよ」

デインは両膝に肘をついて身を乗り出した。「もっと早くきくべきだったな。あの日、どのぐらい傷ついた？」

テスは赤くなって目をそらした。「なんのこと？」

「とぼけるなよ」デインは冷笑した。「もう三年も、この話題は避けてきたがね。きみが近寄らせてくれないから、謝ることもできやしない」

「いいの。あなたはわたしがうるさいから追い払った。もう、ダイヤモンドをひとつかみくれたって、近寄りません！」

「けがが治るまで、きみを牧場に連れていくよ」

テスはまっ青になって、ベッドの上にはね起きた。シーツをつかむ手が震える。「いや」ささやくようなかすれた声だった。「あなたの家で、あなたと一緒なんて、いやよ。絶対にいや！」

こんな顔をされるのは耐えられない。デインはふいに立ちあがると窓ぎわへ行き、タバコに火をつけて大きく吸い込んだ。

「はじめてとは知らなかったんだ」デインはぶっきらぼうに言った。「わかったときはもう手遅れで、きみをひどく怖がらせてしまった。だから、きみはいまもデートをしたがらない」彼は振り向きざま、愕然《がくぜん》としているテスを見すえた。「きみにあんなことをして、おれが後悔してるとは思わないのか？」彼はテスと同じように引きつった顔をして、ベッドのほうに戻ってきた。「テス、おれがそばに寄ると怖いのは、よくわかっている。乱暴なことはしないよ。ただ、元気になるまで面倒を見たいだけだ。おれが留守にするときは、ベリルがいてくれる」

「でも、会ったことがない人だわ。それより、ヘレンがうちに来ないかって……」

「ヘレンは仕事か、さもなきゃバレエのレッスンじゃないか。暇があったとしても、そのときはボーイフレンドのハロルドとピザ三昧《ざんまい》だ。彼女が心配しているのはわかるが、仕事に出る昼間はもちろん、ほとんど毎晩、きみをひとりにすることになる」

「わたしはひとりでも大丈夫よ」

テスに硬くなられるのはいやだったが、デインはそばに寄って声を押し殺した。「いいか、よく聞けよ。きみは麻薬売買の現場を見たから、証言させられる。あの警官たちはじっさいの受け渡しを見ていないんだ。つまり、きみは唯一の目撃者だ。犯人の片方は野放しのうえ、いまごろはもう、きみがどこのだれかも知っているだろう。これがどういうことかわかるな? 警察がそいつを捕まえて、両方を起訴に持ち込むまで、きみの身が危険なんだ。だから、きみには目の届くところにいてほしい。おれが出かけるときは、牧場の監督がいる。四〇年代に騎馬警官をしていた男でね、射撃もおれぐらいできる」

テスは両手で顔をおおった。デインのことばに従うなんて苦痛だった。いっそ、麻薬の売人に狙《ねら》われるかどうか、危ない賭《かけ》に出てみたくなる。

「おれを憎んでもいい。だが、一緒に来るんだ。自分の人生を投げちゃいけないよ」

テスは乱れた長い髪をかきあげ、みじめに言った。「わたしにどんな人生があるっていうの？　仕事をしてテレビを見るだけの、つまらない人生だわ」

「まだ二二じゃないか。世をすねるのは早いよ」

「世をすねる達人から学びましたからね」テスは顔をあげた。「あなたが教えてくれたんじゃないの」

デインはテスの表情にいたたまれず、ぼそっと言った。「おれにはだれもいなかったんだ。おやじはおれがまだ小さいときに出ていった。親の責任が重すぎたのさ。おれは父が大好きだったが、おふくろは父を憎み、顔が似てるおれまで憎んだ。ジェーンも新婚のうちこそ愛していると言ったが、やがてあっさりおれを捨てていった」デインは漆黒の瞳でテスをのぞき込んだ。「きみに愛されながら、おれは拒んだ。そのうえきみを傷つけ、おれを怖がるようにしてしまった。わからないか？　おれは愛がどんなものかを知らないんだ！」

テスはすぐには理解できないような表情で、デインを見つめた。苦しげで思いつめたように聞こえたが。「デイン？」テスはささやいた。

デインは顔をそむけた。「きみは未経験だった。だが、こっちは違う。きみは柔らかで、無防備で、温かくて……おれはどうにもこうにも、きみが欲しくてたまらなかったんだ」

テスの頭のなかの歯車が回転しはじめた。いくら経験に乏しくても、男性がときとして無防備になることぐらい、テスも知っている。あの日デインが激しく自分を求めていたことは、心のどこかでわかっていた。「ほんとうに怖かった」テスは引きつった笑いをもらした。「男の人とデートをするたびに、またあんなことになるような気がするの」「むりもない。だが、おれもつらかったのを信じてくれるか？　きみはおれが近づくとかならずすくむ。そうされるのがどんなものか、きみには想像つかないよ」

テスは大きく息をし、デインの目を見つめた。「あれからずいぶんたったわね。なんだかひとりで悪いほうへ悪いほうへと想像してしまったみたい」

テスの瞳がかすかに和らぎ、デインはためらった。「テス、おれに感じるのは恐怖だけか？」テスの口もとに目をやると、じっと見つめられたテスがうっすらと唇を開いた。デインは親指でそっと触れた。爪のさきが下唇のしっとりした内側にあたる。テスは息をのんだ。「それとも、あんなに怖がらせたにもかかわらず、ほかの感情があるのか？」

テスはデインの指から逃げるのに必死で、最後のことばなど耳に入らなかった。心臓が早鐘のように打っている。

デインはふたたび視線をあげた。こっちまで息が乱れてきた。つまり、恐怖だけではなかったということか。テスは官能的な指の動きにかき立てられたことを隠そうとむだな努力をしているが、彼のなかではなにかが少しだけ和らいだ。三四年生きてきて、女性の唇をこんなふうに触れたことなどなかった。

「違うな」ほとんどひとりごとのように言う。「恐怖より、もう少し込み入ってるんじゃないか？」

「デイン……」

「医者の話では、あしたの朝退院できるそうだ。それまで、ドアのそとで制服警官が護衛してくれる」

テスはデインがタバコをもみ消すのを、不安げに見ていた。

テスの視線を感じたデインがこちらを見る。「きみにはやさしくしたくなるよ。こういうのははじめてだ」デインは静かに言うと、テスを見つめて考え込んだ。「努力したら、おれの愛撫《あいぶ》を求めるようにさせられるのかもしれない」

テスは背筋が凍った。「いや」かすれた声をもらす。「指一本触れさせないわ。あの日みたいにさわられるのは、絶対にいや！」

「バージンははじめてだったんだ」デインはゆっくり言った。「もともとやさしい男じゃないが、きみを相手にしたら、すっかり野性的になってしまった。あとで自分を考えて、つくづくいやになったよ」

テスは両手を握り締めてうつむき、デインを見ようとしなかった。「もう、やめましょ」

デインはふさわしいことばがすぐに出てこなかった。「まだ、わからないのか？　男は……大切な相手にはやさしくしたいものなんだ」

「自分がだれかに大切にされているかどうかなんて、どうすればわかるのよ」テスは顔をあげ、辛らつに言い返した。「わたし、あなたには大切にされていると思ってた。少なくとも、好かれていると思っていたけど、あなたは私生活を邪魔されるのをいやがって、わたしを脅かしたじゃないの。父もわたしが邪魔で、祖母に押しつけたわ」テスは身震いした。「わたしを欲しがる人なんて、ひとりもいなかった……」テスは横になった。その顔は一〇歳も老けたようだった。「お願い、帰って。もう、喧嘩《けんか》する元気もないわ」

どうして、テスの気持ちに気づかなかったんだ？　もう長いつき合いなのに、おれは彼女のことをなにもわかっていない。もちろん、祖母に預けられれば、捨てられたと感じるはずだ。父親のたび重なる情事にも、疎外感を味わっただろう。あげくがおれの母との再婚で、テスはますます孤独になった。だから、だれかを愛したかったのに、不運にも選んだ相手はこれまで愛を知らず、恨みつらみだけを抱えて生きてきた男で、結婚には失敗し、おまけに体まで不自由ときている。

デインはテスの沈んだ表情に、顔をゆがめた。まるで、彼女の苦悩がすべて自分のせいのような気がする。もちろん、いくらかはデインの仕業だ。

「馬は好きかい？」デインがきいた。

「いいえ、怖いわ」

「それは、馬をよく知らないからさ。気が向いたら、乗馬を教えてやるよ」

テスはデインを見あげた。「もうやめて。お願いだから。哀れみなんか欲しくないわ」

デインはなにか言おうとしたが、ことばが見つからなかった。「じゃ、あした。ゆっくりおやすみ」

テスはうなずいた。まぶたを閉じて、デインの姿を締め出す。もう二度と、デインを近づけるのはいや。どんなことをしてでもこの身を守ろう。彼のせいでふたたび傷ついてなるものですか！

3

ラシター・バー・Dは牛の大放牧場だった。ここには馬の世話をするホセ・ドミンゲスやコックのハーディをはじめ、ベリルの夫で牧場監督のダン、六人のカウボーイ、そのほか牧場に必要なさまざまな職種の者たちがいる。ある者は純粋種の雄牛の世話に専念し、ある者は家畜の飲料水用水槽を管理し、また、ある者は機械の修理が専門といった具合だ。

テスはこのさき数日、デインと過ごすのかと思うと不安だった。彼はなんだかいつもと様子が違うし、テスのほうもいつも以上に緊張していた。

デインは仕事のつき合い以外ではもともと口数が少なく、ブラントビルへ行くあいだもずっと黙っていた。テスは窓のそとを眺めてもの思いにふけり、腕の痛みに気をとられていた。

「あそこも牧場?」ブラントビルの町はずれにさしかかったところで、白いフェンスに囲まれた、黒い拍車のマークが標識の、広大な土地が見えてきた。

「ああ。ビッグ・スパー牧場のコール・エベレットといえば、テキサスじゅうに聞こえた名だ。義妹のヘザー・ショーと結婚して、十代の息子が三人もいる」

「とても大きい牧場なんでしょう?」

「キング牧場の北では、ブラント牧場と並んでいちばん大きい」

「ブラント牧場? ブラントビルって、ここの住人の名前を取ったの?」

デインはうなずき、遠くに見える牧場の母家を指さした。「あの牧場は現在キング・ブラントのものだ。じつに厄介な男さ」彼はぶつぶつ言った。「行くさきざきで自分の都合を押し通す。奥さんはシェルビー・ケインという元モデルでね、映画スターのマリア・ケインの娘だ。彼が結婚して、みんな驚いたのなんのって。本人に言わせれば、シェルビーの不意打ちを食らったそうだ」デインは鼻先で笑った。「キングは彼女のためならなんでもするよ」

「その奥さん、牧場の生活にはなじめたの?」

「水を得たようにね。子供は息子と娘がひとりずつ。娘のほうは、エベレットの息子のひとりにお熱だ」

「姻戚《いんせき》関係ができたらものすごい合併になるわね」

「まだ子供のことだからわからないさ。それに、結婚がハッピーエンドとはかぎらない」

最後は少し辛らつな口調になった。

テスの横顔を眺めているうちに、デインは体が熱くなってきた。テスは男と女のことをなにも知らない。デインが傷つけ怖がらせたために、変なこだわりをもっているのだ。自分がもっと違う人間だったらと思う。もし、やさしくするすべを知っていたら、テスと横たわり、男女のすばらしい営みをわかち合えるだろうに。テスに愛される自分を想像しただけで、デインの体が張りつめてきた。まったく、大声でわめきたい気分だ。おれは大事なものを自分から捨ててしまった。一発の銃弾によって失った正気を、べつの一発によってとり戻すとはなんという皮肉だ。

「さあ、着いたぞ」

道を曲がって有刺鉄線の柵《さく》にはさまれた私道に入ると、両側には牧草を食《は》む赤い色の牛がいた。

「ビッグ・スパーと共同で、サンタ・ガートルーディスの純血種の雄牛を一頭飼って、種つけしているんだ。もっとも、そろそろ交替の時期だが。すでに二年使ったから、同系交配ももう限度でね」カーブを曲がると、ふいに目の前に平屋建ての大きな白い家が現れた。まわりには高い樹木が立ち、家のぐるりを花壇が囲んでいる。

「きれい！」テスが声をあげた。

デインはテスのうれしそうな声に、胸が躍った。「祖父が死んだとき、おれに遺《のこ》してくれたんだ」

「すてき……」テスは息をのんだ。「あの花壇！　春になったら、きっとみごとだわ！」

「ベリルの骨折りでね。マグノリアにアザレア、ツバキ、どれも花を咲かせる木ばかりだ。興味があるなら、彼女にきくといい」

「わたし、園芸が好きなの。いまはアパートの窓ぎわでしかできないけど、以前は祖母の家の庭でよく土いじりをしたものよ」

デインは階段の前に車を寄せてエンジンを切ると、じっとテスを見つめた。「おれはきみのことをなにも知らないんだな」低く、静かな声だった。「これっぽっちも、きみのことをわかっていない」

「べつにたいしたものはないもの」テスははぐらかした。「ねえ、あの人がベリル？」白髪で背の低い女性がポーチに出てきた。

「あれがベリルだ」

「やっとのお着きだね」その女性はぶつぶつ言った。「まったく、いつも遅いんだから。この人がそうかい？」ベリルはテスの前まで来ると、上から下まで眺めまわした。「顔は青いし、がりがりじゃないのさ。おいしい手料理を作ってやるからね。腕はどう？」テスにやさしくきく。「まだ、痛いの？」

テスはすでにくつろいだ気分で、にっこり笑った。「ずっとよくなったわ」

「おしゃべりがすんだら、この病人をなかに入れたいんだがね」デインが口をはさむ。「こんな寒いところに立ってちゃ、治るものも治らなくなる」

「なにが寒いものかい」ベリルが鼻先で笑う。「あと一カ月ちょっとで、花も満開だよ！」

テスはその様子を思い浮かべたが、じっさいにこの目で見られないのが残念だ。テスはデインに支えられてなかに入った。体に腕をまわされると、どうしても緊張してしまう。

「うろたえるなよ」ベリルのあとについて客用の寝室へ向かうとき、デインがそっけなく言った。「乱暴なことはしないから」

テスは心ならずも赤くなった。「デイン……」

彼女におどおどされると、いらだたしくなる。「力を抜けよ。みんなきみの友達なんだから」

「あなたは友達になってくれなかったわ」テスが硬い口調で言い返す。

「おれももう三四だ」長い廊下を歩きながら、デインが言った。「ひとりでいるのがいやになったのかもしれないな。おれたちはどちらもひとりぼっちだと、きみも言っていたじゃないか」

「そしたらあなたは、だれもいらないと言ったわ」

デインは肩をすくめた。「おれは一四年間もおまわりをしていたんだ。ものの見方を変えるには時間がかかる」

ベリルがテスの荷ほどきを手伝っているあいだに、デインは帰宅直後に届いた新しい牛の様子を見に行った。そして、数時間後、ベリルとテスがすっかり打ち解けたころに戻ってきた。だが、寝室に入ってきたのは、テスの知らないデインだった。

上から下まで働くカウボーイのいでたちだ。パールスナップがついた長袖《ながそで》のブルーのストライプのウエスタンシャツに着古したジーンズ、その上からやはり着古しの革ズボンをはいて、シルバーのバックルがついた幅広のベルトを締めている。足は拍車つきの古い黒のブーツで、頭にはくたびれた黒のステットソン帽を目深にかぶっていた。テスはしげしげと見つめた。こんな格好のデインははじめてだ。

「まるで、やぶのなかを引きずられてきたみたいじゃないか」ベリルがいやそうな顔をした。

「あたらずといえども、遠からずだな」デインはうなずいた。「溝に隠れてた牛を何頭か、追い立てたんだ。きみのほうは片づいた?」最後はテスにきく。

テスはうなずいた。

デインはいぶかしげにテスを見た。「そんなに目をまるくして、どうした?」

「なんだかずいぶん、違うから……」デインの変化をなんと言ってよいのか、とっさに出てこない。

「ここへ来てまで、スーツを着てる必要もないからね」デインの口もとがわずかにほころぶ。「さてと、着替えてくるか」

テスはデインのうしろ姿を見送った。ふたたび、彼へのヒーロー崇拝が終わった日のことが思い出される。テスは寒気を覚えたようにぎゅっと自分の体を抱き締め、いつのまにか感情をあらわにした顔つきになった。どうしようもなく愛していたのに、デインは受け入れてくれなかった。それがいまになって、仲なおりしたいらしい。もう手遅れなのがわからないの？

デインが行ってしまうと、ベリルはまじまじとテスを見た。「あんた、彼が怖いんだ」信じられないといった顔で、思わぬことを言いだす。「ぼっちゃんは虫も殺せないんだよ！」

たぶんそうだろうが、彼はとてもベリルには言えないような方法でテスを傷つけたのだ。「あの人、うちの父が好きじゃなかったの」テスははぐらかした。「わたしのこともね。わたしが撃たれてからは親切にしてくれるけど、でも、やっぱり、あまりそばに寄りたくないわ」

「そうかねえ。たしかにきついことは言うし、短気なところもあるけど、根に持つ性格じゃないよ。ぼっちゃんのことは生まれたときから知っているんだ。父親が出ていくまでは、やさしいいい子だったんだよ。でも母親が、夫に捨てられたのをあの子にあたってね。あたしもできるだけあの子をかばったけど、あの人はいい母親じゃなかったよ」

「わたしの父もそうだった」テスが打ち明ける。

「ほらごらん、共通点があるじゃないか」

「そうね。ふたりとも人間だってところがね」

テスは新しい日課に慣れると、牧場ののんびりした生活がすっかり気に入った。ベリルの手伝いも、できるだけした。腕はまだ痛むが、運動すれば筋肉の硬化を防げると医者にも言われている。だから、食卓の用意でもなんでもして、少しでもよけいな世話をかけさせないようにした。牧場にいるほかの人たちもみな親切で、テスはおおいに楽しんだ。

だが、デインとはつねに距離を保ち、彼をがっかりさせた。デインが部屋に入れば、かならず用を見つけて出ていくし、彼が夕食後に書斎で仕事をするかわりに居間で過ごそうと思えば、きまって言い訳をして姿を消す。

デインはテスに避けられていることに気づき、だんだん腹がたってきた。そして、ついに三日後、テスが親牛から離れてしまった子牛にミルクをやっているところをつかまえて、怒りをぶちまけた。

「おれを避けるのはやめろ」デインは頭ごなしに言った。

テスはおずおずと顔をあげた。彼女はブルーのシャツにジーンズ姿で、上にデニムのコートをはおり、髪をうなじでまとめて編んでいた。よく見ると化粧をしていないが、それでもきれいだった。

「いま、ミルクをやってるから……」テスはためらいがちに言い、膝の上にあごをのせて哺乳《ほにゆう》びんをくわえている子牛に目をやった。

「そんな意味じゃないのはわかっているだろ」デインは乱暴にステットソン帽をぬぐと、隣にしゃがんでテスをにらみつけた。「あの日のことを謝りたくても、謝れやしない」彼は声を荒らげた。

テスは顔を赤らめた。ものすごい勢いで胸が鼓動を打つ。その理由は考えたくなかった。

「きみには経験があると思ったんだ。知っていたら、あんなに性急にあそこまで迫ったりはしなかった」

「それなら前にも聞いたわ」テスは口ごもった。

「だが、聞き流した」デインは湿った豊かな髪をかきあげた。「きみだってときどき男と出かけているんだから、その年ならもう知っているはずだ。セックスがときには荒っぽくなるってことぐらい」

テスはうつむいて子牛を見た。返事はしなかった。

「そうだろ?」デインはまるみを帯びたテスのあごに指をかけ、あおむかせた。「こたえろよ」

「男の人なんていないわ。そういう意味では……」テスは震える声でこたえた。

デインの表情が一変した。顔を曇らせ、薄く開いたテスの唇を見てからふたたび目を見る。「おれのせいで、どのぐらい傷ついた?」彼は静かにきいた。

テスの細い肩が揺らぐ。「重傷よ」テスは辛らつに笑った。「ねえ、これを終わらせたいんだけど」

デインは手を引っ込め、膝に肘をついてテスを見つめた。こういう反応はたまらなかった。自分がいると、テスはおびえる。現にいまも手が震えている。デインはこの原因となったあの日を呪《のろ》った。

「こっちがどんなに押し返しても、きみは押しの一手だった。あそこまでおれの核心に迫った女はきみだけだ」デインは目をそらして膝についた泥をなぞり、つい本音をもらした。「いつのまにか理性を失っていたよ。ほんとうは女などごめんだったんだ」

「でも、撃たれる前は結婚していたじゃないの」

デインは自嘲《じちょう》ぎみに笑った。「ジェーンとデートしたのは、おふくろが嫌っていたからだ。結婚したのは、そうしなきゃベッドに行くのをうんと言わなかったからさ。だが、いざベッドに入れば、おれを責めるばかりだ」理由は言わない。「そのうちあいつは、望みをかなえてくれる男を探しに行ったよ。そして離婚と同時に、男を見つけた。いまじゃ再婚して、子供もひとりいる」

「まあ」テスは顔を曇らせ、気になる質問をしようと勇気を奮い起こそうとした。

「どうしてジェーンがおれと寝るのをいやがったか知りたいんだろう。きかなきゃわからないのか？」

デインはなにごとにも、ブルドーザーのように自分を押し通す。もしかしたら、遠い過去のあの日に見せた情熱が、彼の愛し方なのかもしれない。テスもそこまでは考えたことがなかった。

テスは顔をあげた。「彼女にもああだったの？　わたしにしたように」

デインのあごがこわばる。「女はあまり好きじゃなかったから、相手がベッドで楽しんでいようがいまいがかまわなかったよ」歯に衣《きぬ》を着せぬもの言いだ。「おれはジェーンが欲しかった。むこうに愛があるなら、前置きは必要じゃないと思ったのさ」

テスはため息をもらした。「でも……だからって……急に……」テスは顔を赤らめた。「デイン、女は男の人とは違うのよ」どう言えばいいのだろう？「女は時間をかけて、やさしくしてもらわなくちゃだめなの」

「よく言うよ。ついさっき、まだバージンだってことを認めたも同然じゃないか」

テスの顔がますます赤くなる。テスはデインをにらみ返した。「経験がないからって、無知とはかぎらないの！　愛する男性とならどういう感じがするかぐらい、想像つくわ」

「きみはおれを愛していたが、感じたのは恐怖だけじゃないか」デインが険悪な声で言った。

「熱をあげていただけだわ」テスは言いなおしたが、そこまで見透かされていたのかと内心震えた。一九歳では、まだ本心を隠すすべも知らなかったのだ。「それに、あなたはわたしを傷つけたわ。気持ちのうえでだけじゃなくね」

「わざとじゃなかった。きみが……欲しかったんだ」デインがためらいがちに言った。なんだか自信なげだ。「おれは遅咲きでね。異性といえば母親ぐらいのものだったし、そのおふくろは極端な男嫌いだった。女を知ったのは、警官になりたてのころだった。警官が仕事中に町で知り合う女は、みんなどうしても男のようにタフなんだ。だからおれの知っているセックスは、感傷抜きの性急なやつばかりさ」彼はテスを凝視していた。「あの日、きみにああしたのは……あれしか方法を知らないからだ」

「かわいそうに」テスは心ならずも同情した。

デインの黒い瞳がはっとする。「え?」デインはわけがわからないとでもいうようにき返した。

いま自分がなにをしゃべったか、どれほど心をさらけ出したか、彼はわかっているのだろうか?

テスは手をあげ、はじめて自分からデインのやせた頬に触れた。テスの指は冷たかった。デインはテスからさっと身を引くと、目をぎらつかせ、話を切りあげようとした。「哀れみも、女もごめんだ」あざけりの口調で吐き捨てる。

デインは立ちあがると驚いて混乱しているテスを残し、大股《おおまた》で通路を去っていった。

その後の二日間、あの告白が恥ずかしいのか、こんどはデインが彼女を避けた。一方のテスは、デインが特別な女性観のせいでやさしくできずにいるとわかり、いつのまにかおびえなくなった。

テスはもともとデインの母親が好きではなかった。ニータ・ラシターは温かみのまったくない、気まぐれな女だった。テスの父親のいないところではテスを嫌い、デインに対してはもっとひどかった。

顔合わせのディナーでの様子からすると、デインの前妻もたいした女性ではないようだった。

テスは難しい顔で考え込んだ。よく、男は無意識のうちに、母親に似た女性を求めるという。また、やはり無意識のうちに、自分が思い描く女性像にぴったりの女を選ぶともいう。デインは子供のころ性格的に問題のある女性しか知らなかったから、自分がセックスできるのはやさしさとは縁のない強い女だけ、と思い込んでいるのではないだろうか?

深刻な問題だった。だが、ゆっくり考えている時間はなかった。デインが急に、仕事がほったらかしなので戻ろうと言いだしたからだ。テスもまだ少し痛みはあるが、ほとんど治っているので賛成した。

「アパートのそとに護衛を立てて、外出時はきみをつけさせる」一時間後デインはテスのアパートに入ってスーツケースを置くと、そっけなく言った。

テスはいらいらとデインを見あげた。「見張りなんかけっこうよ。必要なら、自分で警察を呼ぶわ」

「いや、それはむりだ。きみはああいった連中がどんなかを知らない。おれは知っているんだよ」

「警官のなかの警官ですものね」テスはつんとしてデインをにらんだ。「パトロール警官だったころは、バッジが体に縫いつけてあったんじゃないの？」

デインがにやりとした。唇が悩ましげにゆがみ、テスはどきどきした。「警察の仕事は好きだったからね。いまだって牧場をべつにすれば、仕事中がいちばんくつろげる。探偵も警察も、似たようなものさ。ことに、犯罪事件を引き受けたときはね」

そのとおりだった。テスが秘書になってからも、デインは殺人犯や銀行強盗を探して警察に突き出す仕事を引き受けている。保釈中に逃亡した犯人を、青くなった保釈保証業者にかわって連れ戻すというのは、かなりもうかる仕事だった。単純な事件は失踪人《しっそうにん》捜索員や調査員に任せる。デインやその若き相棒ともいえるニックは、危険な仕事を引き受けた。

「刺激のせいね」テスはつぶやいた。「危険依存症なのよ」筋肉質なデインの体を、上から下へと眺める。服に隠れた肩や胸には、傷があるのも知っている。

「弾の傷があるから、体はもう見られたものじゃないよ」デインが静かに言った。「見たら胸が悪くなる」

テスの視線がぱっと戻ってデインの目を見る。「あなたが撃たれたときのことを考えていたのよ。傷跡がどんなかってことじゃないわ」

デインは少しだけ力を抜いたが、それでもまだ緊張していた。彼はいつだって、まるで背中に壁をはりつけているみたい。ぴんと背筋を伸ばして歩き、絶対に肩の力を抜いたり、背中をまるめたりしない。姿勢も性格と同じで、まっすぐ一直線なのだ。

「それでも、ポスターにしたいような水着姿とはいかないさ」デインはかすかにほほえんだ。「ま、それは撃たれる前も同じだが」

テスはまばたきひとつせず、デインを見つめた。「あなたの水着姿なんて、見たことないわ」思わず、そんなことばがこぼれる。

デインはその場に立ちつくし、黒々とした瞳でテスの目を激しく見つめた。「もう、絶対に水着姿は見られたくないよ。少なくとも公衆の場ではね。きみには見せてもいいが、ほかの人間にはいやだ」

テスは息を殺し、デインを見あげて静かにきいた。「どうして、わたしはいいの？」

「きみならきっと、半人前の男だとおれに感じさせることがないからさ」デインはあっさり言った。

彼は一歩前に踏み出した。テスが体を硬くしたりあとずさったりしないので、もう一歩、さらに一歩と進むと、彼女の肌からかすかなスミレの香りが漂ってきた。テスはグレーの柔らかなパンツスーツに、くすんだ赤紫色のジャケットを着ていた。髪を長くたらしたままで、若くかわいく、ひどく無防備だ。

デインはテスの髪を少し乱暴につかむと、うなじまで持ちあげて、彼女をあおむかせた。「教えてくれ」声がかすれる。

テスの胸が早鐘を打ち、荒い息がもれて唇が開く。「な……なにを?」テスはささやいた。

デインはその唇に視線を落とすと顔を近づけ、唇が触れ合った瞬間に口を開いた。「どうすればやさしくできるか、教えてくれ」

デインはそのことばを、テスの口に吹き込んだ。熱くしっとりと押しつけられる感触に、テスは体を硬くした。煙の味がするデインの温かな唇が、テスの口を探る。刺激的なコロンが香り、触れ合わんばかりの彼の体から頑強な力が伝わる。

唇をかすめられた瞬間、テスはデインの目を見た。

「どうしてほしい?」宝物に触れるようなやさしさで、デインはテスの上唇を舌先でなぞった。「言ってくれ」

テスはデインのツイードのジャケットの下に手をしのばせた。シャツをとおして、温かくがっしりした胸をおおう胸毛の感触がする。「デイン、こんなのだめよ」声が震える。

「なぜ?」

テスは膝の力が抜けそうだった。「わたしを……憎んでいたじゃないの」

「憎かったのは母親だ」デインは鋼のような手でなおもうなじの髪をつかんだまま、テスの瞳を見すえて唇を愛撫《あいぶ》した。「別れた女房を憎み……世の中の半分を憎んだ。だが、きみを憎んだことは一度もない」まるで痛みを感じたかのように、デインの額にしわが寄る。「一度もだよ、テス」

デインの口が完全におおいかぶさってきた。張りつめた空気とどうにもならないほどの欲望をはらんだ静寂のなかで、唇をとらえられた瞬間、テスはデインが震えるのを感じた。一瞬、過去のくり返しのようだった。だが、デインは痛いほど抱き締めてはこない。時間をかけ、テスをせかすまいと自分を抑えているようだ。すると、最近デインについて新しい発見をしたことも手伝って、恐怖は引いていった。テスは抱かれるままになった。デインのやさしいキスを受けながら、このときはじめて自分も彼の唇を感じ、味わおうと思った。唇が触れ合う感触は、夢にも思わなかったほど心地よかった。デインの唇は強くて、コーヒーの味がする。テスはデインの唇が気に入った。

快感がつのり、テスは急に下半身が熱くなって、脚が震えてきた。「デイン……」テスが唇を合わせたままむせぶと、デインはすばやく腕に力を込め、唇でテスの唇を開かせた。そして、舌先をすべり込ませて甘い闇《やみ》の奥に押し入った。

テスは叫び声をあげて反射的にデインの首に飛びついたが、そのとき、熱い沈黙のなかに電話がけたたましく鳴り響いた。

デインがうめいて顔をあげた瞬間、テスも飛びあがり、その拍子に腕がずきりと痛んだ。テスはひどくとり乱し、ふたたびおびえたまなざしをしている。もっとも、がたがた震えてはいるものの、恐怖のせいではなかった。テスはデインを押しのけるどころか、しがみついている。デインがそこまでかき立てたのだ。彼は胸が高鳴った。

テスは立っていられなかった。デインが離れると、膝がくがくした。

「大丈夫。つかまえているよ」デインはテスを抱きあげてささやいた。

上着に頬をうずめてぐったりとつかまっているテスを膝にのせてソファに座り、電話を取る。

「ああ、戻ってきた。ああ、元気だ。いや、いまは出られない。あとで電話させるよ」デインはそっけなくこたえて電話を切った。「ヘレンだ」ぼんやりしたテスの目を見つめて、ぼそっと言う。「きみが戻ったかどうか、確かめたかったらしい」

「心配してくれたんだわ」

「そうだな。だが、タイミングがまずい」デインの声はかすれていた。視線がテスの唇におりていく。「おれを求めてくれて、うれしいよ」

「ちょっと、うぬぼれも……」開いた口をデインの唇におおわれて、テスは彼のがっしりした首に抱きついた。しかし、デインはそれ以上強く、深く、唇を押しつけてこない。彼は心うずくほんの一瞬、唇で唇を愛撫すると顔をあげた。テスは欲望に燃える瞳でじっと見つめられるうちに、赤くなって目を伏せた。

「こんなキスをしたのは生まれてはじめてだ」しばらくたって、デインが言った。

「ちっとも痛くなかったわ」

デインは口もとをこわばらせた。テスの唇をじっと見ていると、体がうずいてくる。またしても、理性が吹き飛びそうだ。やめられるうちにやめなくては。「そう。痛くしなかった」これまで、やさしくしようと思ったことはなかった。だが、テスが相手だと、やさしくしたくなる。絶対にしたくないと思っていたことがしたくなる。「もう、きみを傷つけることはできないよ。したいと思ってもね」デインはぶっきらぼうに、だが感情を込めてテスに頰ずりし、一度強く抱き締めると、体を離して立ちあがった。「もう、帰る。ドアに鍵《かぎ》をかけておけよ。少し休むといい。あしたの朝になったら、事務所に秩序を戻すとしよう。ほんとうに、まる一日働く元気があるならの話だが」

「もちろん、あるわ」テスは口ごもった。髪は乱れ、唇がうずく。テスはネクタイを直しているデインを力なく見あげて、ささやいた。「どうしてなの？」

黒い瞳がテスの目を射抜いた。「過去の罪のうめ合わせ、かな？」デインは片方の眉をぴくりと動かし、からかいぎみに笑った。

テスはがっかりした顔をした。「そう」

　そこまで傷ついた顔をされると、デインの欲望もなえた。彼は深く息を吸い込んだ。

「まったく！」辛らつな笑いを飛ばす。「おれは一匹狼《おおかみ》だ。忘れたのか？　こういうのは苦手なんだよ」デインはポケットからタバコを一本取り出すと火をつけた。「きみをその気にさせられるかどうか、おれにたいする恐怖心を消せるかどうか、やってみたかったのさ。それでいいだろ？」彼はいらいらと言った。

「それだけ？」

「いや。おれがきみを欲しくて欲しくて我慢できないってことを、どうしても言わせたいらしいな。きみのためだ、おれをもうあんなに近づけるなよ」デインは背を向けた。「この関係はさきが見えてる。だから、やさしくすればいいことがあるかどうか知りたかった、ということにしておこう」

「で、どうだった？」

デインはドアのノブを握ったまま、戸口で振り返った。だが、テスの問いにはこたえない。彼は必死な、だが、静かなまなざしを向けてきた。「テス、おれは自分を変えられないし、くたびれて辛らつで、きみのような純真な娘にはむかないんだ。たぶん、このさきもずっときみが欲しいだろうが、だれとも真剣なつき合いはしたくない。だから、おれに誘惑させるな。たがいに距離を置こう。いいね？　じゃあ、おやすみ、テス」

デインはそとに出てドアを閉めた。テスは戸口へ行くと、デインの手のぬくもりを感じようとするかのように、そっとノブにさわった。ふたたびデインを失ったが、こんどは彼に恐怖を抱かなかった。それどころかまたしても、心が揺れるばかりで行き場のない不安な愛にとらわれてしまった。

4

デインはテスのボディガードの件については譲らなかった。テスが事務所に着くまで、ぴったり二歩うしろには、フリーの調査員アダムズがいた。

事務所に入ると、ヘレンがにやにやした。彼女は《わたしと影と》を口ずさみ、即興のタップを踏んだ。

「もう」テスはぼやいた。「デインったら、わたしが昼日中に殺されるとでも思っているのかしら」

「彼は危険を冒せないわけよ」ヘレンが皮肉っぽくささやく。「だって、探偵事務所の秘書が殺されたら、みっともないじゃないの」

テスは吹き出した。「まったくあきれた人ね」ヘレンをぎゅっと抱く。「仕事に戻れてうれしいわ」

「みんなで寂しがってたのよ。それにしても、張り込みのことを言い忘れてて、ほんとうにごめん」ヘレンはすまなそうな顔をした。「癇癪《かんしゃく》を起こしたときのデインって、ちょっとした見物よね。でも、ときどきわたし、ハロルドとつき合ってて残念って思うわ。デインなら、猛烈にアタックしてみたいもの」そう言ってから、ヘレンは考え込んだ。「彼、前の奥さんが出ていってから、だれともデートしてないわよね？　それって、撃たれたせいかしら」

「どういうこと？」テスは興味深げに尋ねた。

「ほら、ときどき悪いほうの足を引きずるじゃない」ヘレンはまわりに人がいないのを確かめた。「だから、ベッドでもさし障りがあるんじゃないかと思って」

テスは咳払《せきばら》いをした。「乗馬にはさし障りないようだったわよ。それより、休んでいたあいだのことを教えて」テスはパソコンのカバーをはずした。「なんだか、一カ月も休んだみたいだわ」

「でしょうね。腕はもういいの？」

「まだ、少しね」テスはにやっとした。「でも、心配しないで。われわれ、タフにして仕事熱心なプロは、弾の一発、二発ぐらいじゃおたおたしないの」

「せいぜい、言ってなさいよ」ヘレンがうなった。「どうせ、この事務所で撃たれたことのない人間は、わたしだけですよ。まったく、秘書ですら撃たれたっていうのに！」ヘレンは恨めしそうな顔をした。

テスはぱっと両手をあげた。「わたしのせいじゃないわ。いくらあなたを負かしたいからって、あんな人たちに撃ってくれなんて頼むもんですか」

「へえ、そうですかね」ヘレンは片手を腰にあてた。「頼んでないっていう証拠があるわけ?」

事務所のドアが開き、デインがふたりをにらみつけた。「仕事時間に遊ぶな。ほら、せっせと働け」

「かしこまりました」ヘレンがすました顔で言う。

テスはデインの目が見られなかった。彼女は自分のデスクについた。「ヘレンに休みのあいだのことをきこうとしてたのよ」

「それなら、遊びの話じゃなくて、仕事の話だけにしろ」ぴしゃりと言う。

テスはデインを見た。「疲れた顔をしているわ」

「寝てないからね」デインは黒髪をかきあげ、目をそらした。「アンドルーズから電話があったら、昼ごろここへ寄るように言ってくれ。やってもらいたい件がある。おれはこれから、捜索員とミーティングだ。終わるまで電話はつながないでくれ」

「了解」

だが、デインはすぐには行かず、両手をポケットに突っ込んだ。どこかうわの空だ。

テスは彼の厳しい表情を見逃さなかった。「なにかあったの?」

デインはため息をついた。「きみを襲ったやつが保釈中に逃げ出して、行方知れずらしい」

テスの腕がうずく。デインの心配が、手に取るようにわかる。自分が麻薬取り引きの唯一の目撃者だなんて、恐怖だった。この目で見たことによって、ふたりの男を刑務所に送れるのだ。もし、あのふたりがせっぱつまってテスを黙らせようと決めたら、彼女の命は偽の五セント玉ほどの価値もなくなる。

「アダムズはけさ、ずっとわたしを見てたわよ」

デインがうなずく。「あれは腕がいいからね。だが、目を離さないだけでは不充分だ。だからといって、一緒に寝るわけにもいかないだろう」

「じゃあ、ピストルの撃ち方を教えて」

「ちゃんと撃つには何年もかかる。それにどたん場では、射撃場でやるようには撃てないものだ」

でも、あなたは撃てる。テスはデインを見てそう思った。デインは何年もの場数を踏んできている。「ヘレンのところに泊めてもらおうかしら」テスはこの前と同じことを言った。

デインはポケットから手を出してテスのデスクの端に腰をおろし、まわりに聞かれないよう身を乗り出した。「いいか、悪くとるなよ。べつに、ふしだらなことをほのめかすわけじゃないんだ。だが、この犯人が捕まるまで、おれのアパートに来い」

「あなたと暮らすの？」テスが言いよどむ。

「それがいちばん安全なんだ。アダムズの家に泊まってもいいが、ガールフレンドが黙っちゃいないだろう？」デインは冗談めかしてぼそっと言った。

テスはためらった。

「テス」デインは静かに言った。「ゆうべのことなら、心配無用だ。言ったろう？　なにか約束するような関係はごめんなんだ。だから、誘惑はしない」

テスは下唇をかんだ。「ええ、でも、聞こえが悪いわ」

「事務所のそとには知れないようにする」デインは約束した。「みんなは事情を知っているから大丈夫だ。それに、これは情事のお誘いじゃないんだ」

「わかっているわ」テスはピンクにぬった爪をじっと見つめた。親指の爪のさきが割れている。テスは落ち着きなく、そこを引っ張った。

デインはテスのあごを指ですくいあげ、小さくほほえんだ。「すっ裸でうろうろしたり、フットボールばかり見たりしないと約束するからさ」

気がかりは気がかりだったが、テスはにやっとした。「フットボールの中継はよく見るの？」

デインが首を横に振る。「だが、すっ裸でうろつくのはよくするよ。きみが来たら、パジャマを買わないといけないな。それに、ローブも」

「わたしもパジャマ党なの」テスが言った。

ありがたいことに、その日は静かな一日だった。テスはアダムズを従えて五時に退社し、帰宅すると数日分の荷物をつめた。自分のアパートを出るなんていやだったが、選択の余地はなかった。

七時きっかりにデインがアパートのブザーを鳴らし、テスはドアを開けた。

「用意はできたかい?」デインが尋ねる。

「あと、コートだけよ」テスはまわりを見まわした。スーツケースがひとつ置いてある。

「荷物はそれだけ?」デインが眉をひそめた。

「二、三日ならこれで充分……」

「テス、何週間もかかるかもしれないんだぞ」デインがぶっきらぼうな口調でさえぎった。

「脅かしたくはないが、長引くかもしれないんだ」

「それじゃ……必要なものはあとで取りに来るわ」

「いいだろう。ネグリジェやローブは入れた?」

テスが顔を赤らめる。「パジャマとローブをね」

デインはやさしくほほえんだ。「きみにはまるまるひと部屋貸すよ。広いアパートなんでね」

「覚えているわ」テスはうっかり言ってからデインの苦い表情に気づき、しまったと思った。

「さあ、行くぞ」デインがそっけなく言う。

テスはドアの鍵《かぎ》を閉めた。スーツケースを持ってガレージにおりていくあいだ、デインはまわりを警戒した。テスは彼の上着がこんもりふくらんでいるのに気づき、しかたがないと思った。デインは仕事につくとき、四五口径の自動拳銃《けんじゅう》を持ち歩く。もちろん携帯許可証は取ってあるし、銃も登録されている。デインに言わせれば、商売道具だ。だが、テスは銃を見るたびどうしても、デインの職業が危険なことを思い知らされるのだった。

デインはテスを車に乗せてスーツケースをトランクに入れると、エンジンやフレームを念入りに調べ、それからようやくエンジンをかけた。

「そこまでする必要があるの？」テスがきいた。

デインは車をバックで出しながらうなずいた。「これもおきまりのうちさ。ま、心配するな。こっちはベテランなんだから」

「そうね」テスはシートの背にもたれた。「それにしても、どうしてあの日にかぎって遅くまで残っていたのかしら？　いつもどおりに帰っていたら、よけいなものは見なくてすんだのよね」

「おれの説教を食らっていたからね」デインはテスをちらりと見た。「半分はこっちのせいだ」

「張り込みを邪魔したんだから、怒られてもしかたがないわ」

「いや、じつはそれが、きみのおかげで助かったんだ」デインは渋々言った。「ちょうど店主がうちの連中を疑いはじめていたんだ。そのときときみがヘレンに手を振ってハロルドの甥《おい》っ子のことをきいたものだから、店主も油断してね。きみが帰った五分後に、息子を捕まえたよ」

テスはあんぐり口を開けた。「そんなの、ひとことも言わなかったじゃないの！」

デインは鋭くテスをにらんだ。「だが、きみの不注意ひとつで、もっとひどいことになっていたかもしれないんだぞ。ヘレンにしてもそうだ。ふたりとも、あのぐらい脅かされて当然なんだ」

「鬼！」

デインがくっくっと笑いだし、めったに聞けない心地よい笑い声が暗い車内に響きわたった。「つぎからはもっと気をつけるな？」

「わたしの仕事のどこが危険なのよ」テスはデインをにらみつけた。「あなた、わたしがほんとうにしたいことをさせてくれないじゃないの」

「ほんとうにしたいことって？」赤信号で車を停《と》めると、デインが尋ねた。「おれと寝ることか？」

「うぬぼれないでよ」テスは息をのんだ。

デインがにやりとする。「おれが欲しいくせに」

テスは目をそらした。「信号が青よ」

「話題を変えるのもいいがね」デインは車を出した。「とにかく、夜はおれのベッドに近づかないこと」彼はさらりと言った。「拝み倒したってだめだからな」そして、テスが口を開こうとすると、さらにつけ加えた。「きみが試したくなる前に言っておくが、寝室のドアには鍵をかけるぞ」

テスはあきれて声も出ず、デインをまじまじと見た。いつものまじめ一辺倒な探偵とは思えない。

デインは皮肉っぽい顔をしてみせた。「がっかりさせて悪いね。おれは頭が古いから、お手軽な情事ってやつができないんだ」

「デイン、あなた、大丈夫？」

「ああ、だから、近寄って具合を見ようなんてだめだぞ」ぴしゃりと釘《くぎ》を刺す。「脚をさわるのもなしだ。おれはそういうたぐいの男じゃないんでね」

テスはようやく彼の言っている意味がわかり、吹き出した。デインにユーモアのセンスがあるなんて知らなかった。いままでずっと隠していたんだわ。

「わたし、いまとっても危ない気分なんだけど」考え込むような顔をして言ってやる。

「女はたいてい危険だよ。ことに、セックスに飢えたバージンはその最たるものだね」

「わたしは違います！」テスが抗議する。

「そう言いきれるか？」デインはアパートの下の駐車場に車を入れた。仕事はたいていヒューストンで、牧場からでは通勤時間がかかりすぎるため、市内にアパートを持っているのだ。デインは車を停めるとテスを見た。「きみのような女性は、そういう衝動に駆られやすいんだ。いま赤くなってびくびくしていたかと思うと、つぎの瞬間にはハーハーあえいで、か弱い男の服をむしりとるのさ」

テスの瞳がおかしそうにきらめく。「そういう……衝動は、抑えるって約束するわ」

「そう願いたいね。それから、おれがシャワーを浴びているときはのぞくなよ」デインは怖い顔をしてみせた。

こんな軽口をたたき合ったおかげで、もう不安はなかった。テスはなんの心配もなく、デインのあとについてアパートの二階にあがっていった。

デインがテスを入れた部屋は、壁紙からカーペットやカーテンにいたるまでブルーで統一されていた。テスは牧場へ行ったときのように、ここでもすぐにくつろげた。

「お料理はわたしがしてもいいけど。好きだから」

「そいつはありがたい」デインがうなずく。「料理はできるが、大嫌いでね」

冷蔵庫も冷凍庫も、食料はたくさん入っていた。「夕食はステーキにサラダでどう？」

「いいよ」デインは靴を脱ぐと、ジャケットを脱ぎかけのままどさりとソファに腰をおろした。

テスは客用の寝室へ行ってスウェットとジーンズに着替え、靴をはかずに靴下のまま出てきた。

テスがキッチンへ戻ると、デインはジャケットを脱いでネクタイを取り、シャツのボタンを半分ぐらいはずしていた。テスは彼の体に、これまでほかの男性には感じなかったような興味を覚え、こっそり盗み見た。シャツをはだけたデインの胸は、黒く豊かな胸毛におおわれている。顔からその引き締まった腹部まで、肌はどこも浅黒いが、太陽に焼けた色ではなさそうだ。

「生まれつきなんだ」驚いたことに、デインがテスの瞳に浮かんだ疑問を読みとり、ぼそっとこたえた。「夏は日に焼けるが、冬もこれ以上は白くならない。片方の祖父がスペイン系なんでね」

「じろじろ見るつもりじゃなかったの」

「そんなうっとりした目で見るなよ。そういうのはきみが思っている以上に危険なんだぞ」

デインはそう言うと、ぶらぶら寝室に入っていった。そして、テスがかろうじて理性と落ち着きをとり戻したところへ、白いTシャツにぴったりしたジーンズという姿で戻ってきた。服がまるで皮膚のごとく体を包み、多くの男性が羨望《せんぼう》するような線を描いている。デインは背が高いが、やせぎすではなかった。広い肩からがっしりした胸、引き締まった腰、そして信じられないほど長い脚へと、みごとな逆三角形をしている。テスはもっと見ていたいのを抑えて、ステーキに注意を戻した。

「コーヒーは好きかい?」テスのまなざしがうれしいデインは、笑みを浮かべながら尋ねた。

「ええ」

「じゃ、おれがいれるよ」

キッチンはふたりで動くには狭すぎた。そのせいか、コーヒーをわかすデインとすぐぶつかり、それがなんとも刺激的で、テスは息苦しかった。

彼はコーヒーができても出ていかなかった。靴なしでもまだテスより背が高く、そのくつろいだ服装に、テスは男としてのデインをひどく意識した。

「おれがいると落ち着かないようだな」デインがしみじみと言った。

テスは口を開きかけて思いなおした。否定などしたら、かえってむきになるかもしれない。だから、「ええ」とこたえる。

デインはカウンターに寄りかかった。目もとのほころんだ彼のまなざしに、テスは膝の力が抜けた。

「なら、ここへ来てどうにかしろよ」デインが静かに挑戦してきた。「震えているね。きみの息づかいが聞こえる」彼の視線が、スウェットのなかで打ち震える胸へとおりていく。「想像してみろよ。そのスウェットをめくって、きみの胸を唇でなぞったり、その先が固くなるまで……」

「デイン！」

テスは震えた。デインがフライパンをレンジからおろして火を止めるのも、ほとんど目に入らない。デインはテスの手首をつかんで引き寄せた。テスの瞳を探りながら、両手でスウェットのすそをしっかりとつかむ。

「一センチずつじらすように、この手できみの肌を撫《な》でて……」デインはスウェットをたくしあげた。

テスは顔も体も燃えた。たちまち降参して震える吐息をもらすと目を閉じ、背中をそらして胸を突き出した。肋骨《ろっこつ》の上でデインのざらっとした温かい手が広がり、服をさらに上へやる。デインがかがみ、やがて熱く濡《ぬ》れた唇が押しつけられた。テスは自分のものとは思えない声であえいだ。

「おれに寄りかかるといい」デインがささやく。彼の唇がテスの肌の上をゆっくりと動き、味わい、なぞり、テスの体を震わせる。スウェットは、柔らかなレースに包まれた胸のすぐ下までたくしあげられていた。デインがブラジャーの下の縁《へり》に鼻をすり寄せてくる。テスは彼の肩につかまった。激しい快感に圧倒され、熱い涙がまぶたを刺す。

テスはすっかりデインにされるがままで、さらにさきを待った。待って、待って、待ち続けた。

「テス！」デインの叫びが静寂を破った。デインは突然手をこわばらせて顔をあげ、荒い息をくり返した。「なんてことだ！　悪かった」

デインはスウェットを引きおろすと、テスから目をそらしたままキッチンを出ていった。テスはしばらく動けなかった。どこかで水が流れる音がしている。ようやく足に力が戻ると、テスはステーキを見た。焦げる前に火を止めてくれて、よかった。テスは震える手で肉を皿にのせた。

食卓に料理を並べ、コーヒーをつぐと、デインが現れた。彼はTシャツの上にシャツを着て、ボタンをとめていた。シャワーを浴びてきたのか、髪が濡れている。テスも冷たい水でもかぶりたい心境だった。体はまだデインを求めて燃えている。ほんの数日前までは彼が怖かったくせに、いまはこんなに欲望を感じるなんて驚きだ。

デインは全身全霊をステーキに集中した。

「こいつはうまい。どうもおれは、ミディアムレアができなくてね。いつも生焼けか焼きすぎだ」

「火かげんよ」テスがぼそぼそ言う。「フライパンを充分熱くしないとだめなの」

「きみがいるあいだに教えてもらおうかな」

「いいわよ」

ようやくデインは顔をあげた。張りつめた表情で、少し怖い顔をしている。「あっというまに、とんでもないことになってしまったな。ちょっとふざけただけなんだ」残酷なことを言いだす。「だが、きみがあんなふうにうっとりするから……」

テスは胸をけとばされたような気がした。きっと、それがデインの狙《ねら》いなのだろう。「言いたいことはわかったわ」テスは努めて明るい声で、平気なところを見せた。「半分はわたしのせいよ」

デインはコーヒーカップを持って椅子に寄りかかり、まじまじとテスを見た。「そうだな。だが、どうしてこんなことになったか、きみが頭を悩ます前に言っておくが、大部分はおれの禁欲生活のせいなんだ」デインが硬い口調で言う。「撃たれてから、女とはつき合ってなくてね。どうやら思った以上にひどいことになっているらしい」

そういうことだったのか。希望はそう簡単にはついえないが、デインは深い愛情からあしたのではないと、わたしを納得させたくてやっきになっている。でも、ひとつ気になることがある。「どうして、女の人とつき合わなかったの?」

デインはショックを受けた様子でテスの顔をじっと見た。「脚のせいさ」思わず本音が出る。「傷跡があるからね。それに、きみのせいもあるかな」デインは言いにくそうに言って、テスの反応をうかがった。「あの日きみに逃げられてから……セックスに魅力を感じなくてね」デインは目をそらした。「自信喪失ってやつさ」

「あのときのあなたは違ったもの。でも、今夜のあなたは……今夜はちっとも怖くなかったわ」

「そのようだな」デインはすげなく言った。じっと見つめていると、やがてテスが顔を赤くする。「おれを信用するなよ、テス。きみの胸に口をつけたら最後、どこまでいくか、正直なところ自分でもわからないんだ。いいな？」デインは心配そうな目をしていた。

「きみが欲しい。ああ、テス、きみが欲しくて、たまらないよ！」デインの声がかすれた。

それはほんとうだった。この数日間、デインはテスが気になってしかたがなかった。近ごろテスの前では、かつてなくやさしい気持ちになり、かつてないほどかき立てられた。おまけにテスが敏感に反応するものだから、デインはすっかり酔いしれ、不注意になり、無防備になってしまう。

「でも、あなたはわたしを愛したくないんでしょう？」テスはデインの黒い瞳を見て静かにきいた。

「きみはバージンだ。抱けると思うか？」

「もし、わたしに経験があったら……」

「もし経験があったら、とっくに恋人同士になってるさ」デインが重い口調でさえぎった。

「きみはおれを怖がっているが、それと同じぐらい欲しがってもいる」デインは立ちあがって、乱暴に顔をこすった。「だめだ！　ちょっと、むこうへ行ってる」

テスはデインが思いがけなくもたきつけていった欲望に震えながら、彼が部屋を出ていくのを見ていた。デインにそこまで欲しがられている自分が信じられなかった。彼は長いことその欲望を押し殺し、テスを近づけまいとじゃけんにしてきたが、どれも嘘《うそ》だったのだ。テスはデインが隠そうとしている無防備な心の底をまのあたりにして、うろたえた。彼はわたしを大事に思っている。心から大事に思っている。もしかしたら、以前から大事に思っていたのに、こっちがあの情熱に尻込みしたので、傷ついていたのかもしれない。わたしはデインのことを、なにもわかっていなかった。彼が大切な女性のひとりにしいたげられ、もうひとりには必要なときに見捨てられたことを、ほんとうには理解していなかった。デインは人を愛するのを恐れているけれど、ほんとうは愛しているのだ。テスは息をのんだ。デインはわたしを愛している。そう考えれば、近ごろわたしにたいしてやさしくなったこととか、わたしをかばおうとすることなど、すべて説明がつく。

もちろん、デインは自分の気持ちに気づいていないし、絶対に認めようとはしないだろう。でも、愛されているとわかっただけでも、テスは胸が熱くなった。喜びで胸がはちきれそうだった。デインはわたしのもの。まるでもう神聖な誓いを立てたかのように、しっかりと結ばれた気がする。

数分後、デインはタバコをくわえ、さっぱりした顔で戻ってきた。

だが、内心は必死になって自分の感情と闘っていた。気を抜いたら、テスが欲しくてわれを忘れそうだった。だが、それはまずい。テスは育ての親ともいえる祖母の影響で、人生や異性にたいして古い考えを持った娘だ。ベッドに連れ込んで、あとは忘れてしまう、というわけにはいかない。となれば、テスのことをすっかり頭から追いやるしかないだろう。いやでも距離を置くのだ。

デインはうつむいたテスの顔を欲望に満ちた目で見ていたが、彼女が顔をあげた瞬間に目をそらした。ボスと秘書。そのぐらいならできるはずだ。

5

デインと暮らすのは楽しかった。たとえ、夜一緒にテレビを見るだけでも、それがこんなにいいものだったとは。デインはよく白いTシャツにジーンズ、足にはソックスだけという姿で、ビール片手にアームチェアに座って古い映画を見た。デインの気持ちがわかったいま、テスは彼といてもくつろげた。こちらから笑いかけて、デインの目もとがかすかにほころぶときなど、胸がときめいた。

デインは生まれつきの一匹狼《おおかみ》であまり外向的ではなく、テスが偶然知っただけでもかなりのコンプレックスがあった。また、彼は自分の感情を口にするのが苦手で、個人的な話をしない。だからふたりとも仕事やそのほかのあらゆることを話しても、自分たちの話題だけは避けた。

デインと暮らすようになって数日後、テスがテレビで赤ちゃん誕生の番組を見ているときのことだった。仕事をしていたデインが書斎から出てきた。

だが、ちょうど画面に映っていた胎児を見るのがいやなのか、彼は部屋を出ていこうとした。

「見たくなかったら、チャンネルを替えるわよ」テスが言った。

デインはためらい、しぶしぶテレビに視線を戻した。こんどは分娩《ぶんべん》室での生々しい出産場面だ。

「ごめんなさい」テスはリモコンでスイッチを切った。「ちょっと、興味があったから」と白状する。テスはデインのほうを見て、彼のやせた荒削りな顔に見とれた。「ねえ、あなたは子供を作ろうと思ったこと、ないの？」

デインは顔を紅潮させてふいにテスに背を向け、いらだたしげにタバコを取り出した。

「ないね」そっけないこたえだった。

「子供は欲しくないの？」テスはなおもきいた。

デインは指先でタバコをもてあそび、オレンジ色に燃える先端を見つめていたが、そのじつなにも目に入っていなかった。「欲しがったって、しかたがないんだ」デインはやがてそう言ったが、あまり話したくなさそうだ。「おれには子供ができないんでね」

テスはデインのことばを、とっさに理解できなかった。

デインはこちらを向くと、穏やかなまなざしでゆっくり話しだした。「ジェーンが子供を欲しがってね。妊娠願望にとりつかれていたよ。もしかすると、だからあいつにやさしくできなかったのかもしれない。彼女は妊娠させろとおれに迫り、それでできないと怒りでおかしくなった。そのうちあきらめて、おれに寄りつきもしなくなった。まるで去勢された雄牛になった気がしたよ」デインはうんざりとため息をついた。「おれは彼女を妊娠させられなかった。しまいには、ちゃんとしたセックスもできなくなったよ」デインはまだ半分しか吸っていないタバコをもみ消した。「きみはおれのせいで傷ついたと言うがね。傷ならこっちにもあるんだ」

デインは背を向けて部屋を出ていこうとした。

テスは立ちあがると、大きな瞳をなごませてデインに近づいた。「女の人が妊娠できないのには、いろいろな理由があるのよ」

「あいつは再婚したとたん、一〇カ月たつかたたないかで、新しい亭主とのあいだに子供を作ったんだ」デインは語気荒く言った。

デインの視線がゆっくりテスの体を上から下まで眺め、ふたたび戻った。きょうはテスもジーンズで、上はゆったりとした地のグリーンのシャツ。髪は頭のてっぺんに、ゆるやかに結いあげてある。若くてきれいで、ひどくセクシーだ。

「むこうへ行ってくれ」デインは静かに言った。「きみに触れたら、きっとやめられなくなる。最後の最後までいくことになるんだ」

テスはデインの瞳を探り見て、赤くなった。男性をこういうふうに見るのは、キスをしているも同然だった。「わかっているわ」ほとんど吐息に近かった。テスはデインに愛されていることを、強く確信していた。自分にとって大切な相手と愛し合うことのすばらしさを彼に教えることができたら、愛を誓い合う関係について考えを変えてくれるかもしれない。

デインは心にうずまく激しい感情に、もうだめだと思った。心が張り裂けそうだ。そんなデインの緊張を、残り少ない自制心を、テスは感じとっていた。そしてむこうみずにも、ちょっと押せば彼の自制心はつきくずせる、と思った。

事実、そのとおりだった。テスが一歩前に踏み出しただけで、彼の意志はくずれた。デインはかがんでテスを抱きあげた。そして、目をそらしたまま寝室へ向かい、足でドアを閉めた。

テスをベッドのまんなかにおろすと、デインは岩のように硬い表情で、柔らかな曲線を描くテスの体を見つめた。

テスはベージュのベッドカバーの上で両手を広げ、唇をうっすらと開き、全身をデインに投げ出していた。

「痛くするぞ」デインがぶっきらぼうに言った。

「ええ、いいわ」テスもささやく。

デインは震える手でTシャツを脱ぎ、床に落とした。彼は必死で自分を抑えようとしていた。「おれが触れたあとできみの気が変わっても、やめられないんだぞ。わかっているのか？」

「愛しているの、リチャード」テスは彼がだれにも使わせない、だからこそ彼女が使いたくてたまらなかった名前を呼んだ。「心から愛しているの。あなたが怖くてたまらなかったときも、愛していたわ」

デインは思わずひるんだ。「テス！」

「教えて。わたしを愛して」テスはそっと言った。

デインは目を閉じた。両わきでこぶしを握り、体を震わせる。「これだけは避けたかったんだ」うなるように言う。「きみはバージンじゃないか！」

「あなたを愛しているの」テスがふたたびささやいた。

デインはぎこちない手つきでテスの顔を包み、苦々しげに言った。「きみを、愛してやれないんだぞ」

テスはデインの唇を指で撫《な》でた。彼は自分の気持ちを認めるのが怖くて否定している。でも、さきに進むのをためらっているのは、なによりもわたしを深く思いやっているからだ。

「なにもせがんだりしないわ」テスは約束した。「愛してくれとも言わない。ただこの一度だけ、完全にあなたのものになりたいの。愛している人と結ばれるのが、どんなかを知りたいの」

デインはことばもなく、テスの唇に顔を近づけた。触れ合った瞬間、デインの口もとが震える。デインはテスの唇をそっと開かせるとうなじに手をかけて顔を引き寄せ、口で、舌で、やさしく攻めた。

唇で顔をなぞられ、テスは体じゅうがほてってきた。

デインの手がシャツの下にもぐり込み、背中の柔肌に触れると、テスは彼のひんやりした豊かな髪に指をくぐらせた。デインはテスの唇が赤くなるまでキスをくり返し、それからブラジャーをはずして乳房をてのひらで包み込んだ。胸の頂が固くうずく。テスは彼の熟達した愛撫《あいぶ》に燃えあがり、息が乱れた。

「きみを愛撫したことはあるが、ちゃんと見たことはなかった」デインはささやいて、シャツのボタンに手をやった。「こんどはちゃんと見るよ」

上半身のものをすべて脱がされるあいだ、テスはベッドの上に起きあがっていた。そして、ふたたび横になろうとするとデインに止められた。

デインはテスを座らせたまま唇を合わせ、張りつめた胸の先の感触をこぶしでそっと楽しんだ。するとテスがびくっと震え、デインは顔をあげて彼女を見た。

「興奮するよ。こんなふうにするのははじめてだ」デインの声はうわずった。

「わたしも、はじめて」

「テス、きみに……唇で触れたい」デインはかすれ声でささやくと、身をかがめた。

熱くしっとりとした口に乳首を含まれたとたん、テスは背中にまわされた彼の腕にのけぞった。まるで空を飛んでいるみたいだ。下腹部がかっと熱くなり、押し寄せる快感にわれを失い、思わず声をあげてしまう。

「そうだ」デインは口をつけたまま、柔らかい乳房に顔をうずめた。「そうだよ」

それから数分間、テスは高みから高みへと飛ぶような思いをさせられ、ぼんやりとして力も入らず、残りの服を脱がされるあいだぐったりと横たわっていた。デインはつぎに自分の服を脱いだが、背を向けたままためらっていた。

「気にしないで」テスはデインがためらう理由に思いあたった。デインの背筋の横には、銃弾が残していった深い傷跡がある。胸の傷跡はもっとひどいのだ。「愛しているんですもの!」

すると、デインがこちらに向いた。テスは男性の男性たる部分に目を奪われて、驚きと畏敬《いけい》の念で胸がいっぱいになったが、やがて胸や肩や脚の傷をおずおずと見た。縦横に走る白い筋と、撃ち合いを物語る生々しい跡。でも、デインを愛するテスの目には、自然が治癒しきれなかったちょっとした疵《きず》にすぎなかった。

デインの視線を感じて、テスはベッドカバーの上で腰や長い脚をびくっと震わせた。いまの彼女は男の意のままに、男を求めてうずく女だった。

「きみはおれが見たなかで最も美しい人間だ」デインはテスの体を見つめて、かすれた声で言った。

「あなたもそうよ」テスもささやき返す。

デインは数年間の禁欲のはての、この女性にたいする激しい飢えに体を震わせて、ゆっくり隣に横たわった。「きみが欲しい」デインがテスの温かい腹部にささやくと、その秘めやかな感触にテスがびくっとした。「こんなに欲しいんだ」

デインは唇を合わせたまま、ゆっくりテスの上になった。毛深く、がっしりしたデインの硬い体が、うち震えるテスの温かな体を官能的にすべっていく。欲望のあかしにまぎれもなく、テスは圧倒された。

「きみを満たしたい」デインはテスの体をやさしく包み込みながら、舌先で彼女の唇と戯れ、それからゆっくり、ごくゆっくりとその奥を探った。「口を開いて……」

デインがそう言いながら、ゆっくりと体を動かすと同時に、鋭い痛みが走った。信じられない。これほどの欲望をたきつけられるなんて、とても信じられない！

デインの長い指がテスの太腿《ふともも》をつかみ、腰を持ちあげる。だが、きつくつかまれても、テスにわかるのは、デインの舌が口のなかにすべり込んできて、熱く心地よく満たす感触だけだった。ふたたび痛みがあり、テスは震えた。

「こんなふうに痛くしたくはないんだが」デインはテスの唇をつつきながらつぶやくと、顔をあげて彼女の目をのぞき込んだ。デインの瞳は夜の闇《やみ》のように黒く、かすんでいた。

ふたたび彼の手に力が入り、テスの腰を引き寄せる。「きみが女になるところを見ていたい」デインはテスの目を見すえ、ゆっくり腰を沈めていった。

テスはデインの肩に爪を立ててあえぎ、大きく身震いした。

だが、デインはやめなかった。テスがおかしくなったように押しやっても、やめなかった。テスは頭をのけぞらせ、すすり泣いた。そして、これ以上耐えられそうにないと思ったとき、痛みが一瞬にして消えた。

デインは押し殺していた息を吐き出した。彼はテスの上で動きを止め、笑みを浮かべた。テスの瞳は涙できらめいていた。デインは顔を寄せてその涙をキスでぬぐい、頬ずりし、胸が痛くなるほどそっとテスの顔に唇をはわせ、かすれた声で愛情あふれることばをささやきかけた。

デインの肩をつかんでいたテスの指から力が抜け、やがて全身の緊張もとけていった。テスをとらえているデインの一部が少しずつ張りつめていき、テスは目が合うと顔を赤らめた。

デインは激しい欲望を感じた。「これできみと愛し合える。痛いのはもうおしまいだ」

デインはテスの上唇をそっとかんでつつきながら、腰を浮かせては押し進み、浮かせては押し進んだ。テスはそのゆっくりしたやさしい動きにあえぎ、突如襲ってきた強烈な快感にびくっと震えた。

「最高の喜びを味わうんだ」デインは身をかがめてテスの唇をとらえた。汗に光る背中が小刻みに震える。「おれが教えてやる……」

テスはデインにしがみついてすすり泣き、早く満たしてほしいと哀願した。するとふいにデインがテスを完璧《かんぺき》に満たして顔をあげ、彼女が身もだえする様子にほほえんだ。しかし、彼もまたすぐ激しい興奮のうずにとらわれ、われを失うほどの喜びにしわがれた叫び声をあげた。

デインはその後長いことテスを抱いて涙をぬぐってやり、慰めのキスをくり返して、ぐったり疲れはてた彼女の体を癒《いや》した。やがて起きあがると冷蔵庫から冷たいビールを一本出して戻り、テスとわけ合って飲みながらタバコを吸った。あすのことは考えていなかった。ここにあるのは今夜だけ。愛し合う喜びと、美しいテスの愛のささやきと、至福を求める甘い苦痛だけだ。

翌朝、デインはテスのキスで目覚めた。目を開けると、瞳を輝かせてのぞき込むテスの顔が目に入った。デインは低くうなり、あっというまにテスを押し倒しておおいかぶさった。

「だめ」デインが精力的な意図もあらわにのしかかると、テスが小声で押しとどめた。「ごめんなさい。でも、痛くて……」残念そうに言う。

デインはたぎる血が冷めるまで、深呼吸をくり返した。柔らかな乳房を片手で撫でる。「ゆうべは四回もきみを抱いた」デインはテスの目を見てささやいた。「痛い思いをさせてしまったな」

「ううん」テスは首を横に振った。「痛い思いはしなかったわ」

デインは唇でテスの口をそっとかすめ、それからまぶたにキスをした。「だが、もう一度愛し合ったら、こんどこそ痛くなりそうなんだろう?」

「ええ」

デインはため息をついて、ごろんとあおむけになった。「そこまで考えるべきだったな。まだ、目が覚めていないらしい。コーヒーを飲むかい?」

「ええ、わたしがいれるわ」

テスは起きあがってなにも着ていないことに気づくと、上掛けを引っ張って慎み深く胸を隠した。

デインはテスをちらりと見てから、恥ずかしそうな彼女の視線をたどって自分の体を見た。彼は低くうなるとベッドの横に脚を投げ出し、テスの見ている前で乱暴に下着とジーンズに足を通し、靴下をはいた。

「ひげをそってくるから、そのあいだに服を着るといい」デインはテスのほうを見なかった。

テスは思いのたけを込めたまなざしを浮かべていたが、デインはこちらを向かなかった。テスは愛していると言いたかった。だがデインは、まるで愛に酔いしれた男のようにテスを抱いていたときでさえ、そのことばを返してはくれなかった。でも、わたしを愛している。もはや疑う余地はない。

「ほら、さっさとしろよ」戸口でデインが言った。「仕事に遅れるぞ」それから、彼は顔をしかめて険悪な表情になった。「それと、ゆうべのことには、特別な意味はないんだからな。あれは一回きりの情事だ。わかったな?」

テスはいぶかった。「一回きりの情事?」

デインの頬に赤みがさす。テスは、あれほど深遠な出来事をそんなことばで片づけられて、驚いているようだった。言った本人だって驚いているのだ。だが、デインはテスをにらみつけて、冷たく言った。「おれになにを言わせるつもりだったんだ? まるで天国にいるようだったとでも?」

「べつに、そこまでは……。でも、天国にいるみたいだったわ。少なくとも、わたしは」

「痛くしたじゃないか」

テスは顔をあげてデインの目を見た。「最初だけね」そして、にっこり笑った。

ふたりでわかち合った喜びを思い出し、デインは息苦しくなった。テスを見ているだけで、体がほてってくる。「食事をしたら、すぐ出るぞ」彼は乱暴に言った。

愛されているという思いにすっかり夢心地のテスは、黙ってうなずいた。デインはあらがうだろう。しかし、結局は彼が負ける。テスがデインに抵抗できないように、デインもテスには抵抗できないのだから。でも、時間をあげなくては。せかしてはだめ。あせったら、失うものが多すぎる。

ただ、ひとつ残念なのは、あれほどすばらしい行為のすえに子供ができないということだ。赤ちゃんができたら、どんなにすてきだろう。

その朝、事務所に出るとつぎからつぎへと問題が起こり、デインはかえってほっとしているようだった。彼はスケジュールや来客の調整をテスに任せ、自分はわき目もふらずに仕事に没頭した。

ここ数日いろいろあったので、テスは撃たれたことなどすっかり忘れていた。腕は少し痛むが、ゆうべは激しく動かしてしまった。治りかけの傷をデインの口でなぞられたことを思い出すと、顔から火が出る。テスもまた同じように、彼の背中と肩と脚の傷跡をやさしく撫でて、これは名誉の負傷とくり返しささやいた。そうすることで喜びも増した。デインが強烈な歓喜に体を浮かせ、がっしりした体躯《たいく》をしなやかに震わせてすすり泣くように叫んだときの声が、まだ耳の奥に残っている。

テスは息をのんだ。あれほど美しいものが、一回かぎりの情事？　いいえ、信じるものですか。デインだってほんとうはわかっているけれど、かつて痛い目をみたから、まだ受け入れられないだけなのよ。

電話が鳴って、テスのもの思いはそれきりになったが、時間がたつにつれて、前夜の不慣れな動きの後遺症が現れてきた。座っているのもつらいのだが、だれかに言うわけにはいかなかった。

昼休みになると、テスは事務所に残っていた調査員たちが昼食に行くのを指をくわえて見ていた。ヘレンもそとへ出かけ、テスはうらやましそうな笑顔で見送った。デインは昼食会に出ているので、事務所にはテスひとりだ。けさデインに、ヘレンとそとへ食べに行っていいかときいたのだが、だめだと言われてしまった。どうやら、テスがひとりきりになることまでは思いつかなかったらしい。しかたがないから、このさきのファーストフードの店まで行って、チキンとビスケットを買ってこよう。昼食抜きになるよりはましだわ。

テスはコートを着て、事務所に鍵《かぎ》をかけた。デインのことで頭がいっぱいで、前もろくに見ていない。そのとき男の手がさっと出てきて口をふさがれ、テスは突然のことに呆然《ぼうぜん》としてその場に凍りついた。

「やあ、べっぴんさん」乱暴な口調のしゃがれ声がする。「ちょうどよかった。その目で見たことを、陪審員の前でべらべらしゃべられると困るんだ。あんたを始末することにしたぜ」

6

こんなに恐ろしい思いは、生まれてはじめてだった。テスは背後からわきの下に伸びた手で襟元をつかまれ、ビルの正面玄関に連れていかれた。そとでは、べつの男が車のエンジンをふかして待っていた。

嘘《うそ》でしょ？　なんとかしなくちゃ。テスはわきにナイフを突きつけられ、間近に迫った死を感じた。

車に連れ込まれたら最後、殺されてしまう。せっぱつまったふたりだ、なんでもやるだろう。

だが、車に乗せられる前に逃げ出すチャンスがひとつだけあった。正面玄関のドアを開けるとき、男はテスのわきにあてたナイフをどうしても一瞬どけることになる。冷静にすばやく動いたら、逃げられるかもしれない。

テスは引きずられるままになり、怖がるふりをして男を油断させた。涙声で哀れっぽく、放してくれとせがむ。だが、そのまにもテスは頭をフル回転させ、とっさにどう動くかをくり返し思い描いた。

作戦は順調に運んでいた。テスの襟をきつくつかんでいた手がゆるむ。男は笑った。テスが怖がるのを楽しんでいるのだ。ドアまで、あと半メートル。男は目の前のガラスのドアを開けようと、ナイフを持ったまま手をあげた。

その一瞬をついて、テスは男のわき腹に痛烈な肘鉄を食らわした。男が思わず体を折ったので、こんどはうつむいた鼻をこぶしの甲でつきあげた。テスのこぶしに血がたれる。テスはぱっと横に飛びのくと、男が背中をまるめているまに、ビルの前の横丁から人の多い大通りに駆けていった。昼休みで、いまはどこも人だらけだ。よかった！　まさかこんな人なかでは、手出しもしてこないだろう。テスはうしろも振り向かずに、息をきらして走った。

赤信号で待っている歩行者の群れに飛び込む。横目であたりをうかがっていると、横丁から一台の車が猛スピードでテスに向かってきた。まさか！　テスはあせった。だめ！

「テス！」

テスは声のしたほうを見た。車はベンツで、運転しているのはデインだった。

「デイン！」テスは通りをわたって助手席にころがり込み、デインの首にしがみついてがたがた震えた。

とてつもない恐怖を味わったばかりのデインはまわりのことなど目に入らず、一瞬テスをぎゅっと抱き締めた。彼は事務所が空にならないうちにと、急いで帰ってきたところだった。そこで目にしたのは、通りを駆けるテスと、突如走りだした一台の車だった。とるべき道はふたつにひとつ。テスのところへ行くか、車を追うか。だが、選択の余地はなかった。

デインは短く、だがしっかりとテスの唇に口を押しつけてから、大通りに出て車の流れにのった。デインはテスを放さなかった。放せなかった。

「もう少しで連れていかれるところだった」テスは息も絶え絶えにささやいた。「事務所を出たところでつかまったの。ナイフを突きつけられて……」

「なんてこった」デインは大きくうなり、テスをいっそう強く引き寄せた。

「うしろから暴漢につかまったときに逃げる方法を、ヘレンに教えてもらったことがあるの」テスはデインの柔らかな上着に頬ずりした。「それを思い出したの。油断させて逃げてやったわ」終わってみれば現金なもので、テスはにんまり笑った。「もう、わくわくしちゃった」テスは目を輝かせてデインを見あげた。「これでよくわかったわ、あなたがいつも……デイン?」

デインは車をわきに寄せて停《と》めた。青い顔をして、ハンドルを握る手は小刻みに震えている。黙り込んでテスを見ようともしない。

「気にしないで」テスは静かに言って、デインの顔を引き寄せた。ゆっくり彼の唇に、鼻に、まぶたに、小さなキスをくり返す。デインの体に腕をまわし、やがて彼のほてったのどに顔をうずめた。「あなたのせいじゃないわ。ヘレンと出かけちゃだめだって、わたしに言ったのを忘れてたんでしょ?」

「いや、覚えていた」デインの声はうわずった。「事務所が空になるまでに戻れるよう、余裕を見て出てきたんだ。だが、途中でタイヤがパンクしてしまった」

「デイン?」テスがつぶやいた。

「じっとしていてくれ、テス」感情をあらわにした声だった。「黙って、しばらくきみを抱かせてくれ」

やがて、静かな抱擁にデインの心も落ち着き、テスはほっとため息をついた。デインののどもとに顔をつけたままほほえみ、のどぼとけのすぐ下にキスをする。

すると、デインが荒く息を吸い込み、テスは顔をあげた。デインは恐ろしい目をしていた。彼は固くて温かな指でテスの顔に触れた。「どこか痛くしなかったかい?」

「いいえ」テスの目がきらめく。「でも、むこうを痛い目にあわせたわ。鼻をへし折ってやったの」

デインは低く口笛を吹いた。「ヘレンにひとこと礼を言わないといけないな」

「あなたったら、なにも教えてくれないんだもの」

「ヘレンが教えてくれてて助かったよ。彼女とハロルドには、食べきれないぐらいでかいアンチョビピザをおごってやるか」

「それがいいわ」テスはデインのあごに額を寄せた。「ねえ、わたしにもくれる？　おなかがすいたわ」

「かわいそうに、昼抜きだったんだな」デインはテスを助手席に戻すとシートベルトをかけてやったが、うっかり体に手が触れ、テスの肌を熱くした。「ピザが食べたいなら、買ってやるよ」

テスはもの欲しげに、デインの瞳をうっとり見た。

デインはそのまなざしと自分の弱さに、心を固くした。動揺したところをテスに見られるのはいやだった。これではテスのことで感情的になっていると思われてしまう。もちろん、そんなばかげたことはありえない。だが、それでも……。

デインはかがみ込んでテスの唇にそっとキスをした。「これからは、事務所を留守にするときは、かならずだれかをきみにつけるよ。悪かった、テス。ほんとうに悪かった」

テスはにっこり笑った。「あなたのせいじゃないって言ったでしょ」彼女はぼうっとした様子で、デインの口もとを見た。「もう一度キスして」

「人が多すぎる」デインは体を起こしてぼそっと言うと、切れ目ない通行人の流れを指さした。

「それじゃ、アパートで食べない？」

「いや、だめだ」わかりすぎるほどわかるテスの表情に、デインの心は乱れた。「まず、ゆうべがゆうべだったから、きみは体を休めたほうがいい。それに……」デインの顔がだんだんけわしくなっていく。「今夜から、きみは自分のベッドで寝るんだ。もう二度と、あんなことはしないからな」

「どうして？」テスは細い声できいた。

デインはテスのあごを親指で撫《な》で、顔を曇らせた。「約束を交わすような関係はいやだからだ。きみのはじめての男になった感慨は、ずっと忘れないよ。だが、きみの望みはハッピーエンドだ。おれはもうそういうものを信じていないんだ。幻想はとうに失《う》せたよ」

「でも、気が変わるかもしれないわ。わたしがあなたの心をつかむようになるかもしれないし」

「おれはもうきみにつかまってるよ。だが、結婚はできない」デインはすげなく言った。「いいか、テス。きみはおれを愛していると思い込んでいるが、ほかの男を知らないだけだ。いつかセックスだけじゃものたりなくなるさ。きっと子供が欲しくなる」

「わたしはあなたを愛しているの」テスはあっさり言った。

デインは頬に血がのぼり、瞳も燃えあがったが、いまのことばが引き起こした興奮を懸命に抑えた。「きみは愛の意味がわかっていないんだ。ベッドでからみ合うことが愛だと思っている」

テスはデインの目をじっと見た。「ゆうべわたしたちは、ベッドでからみ合ったんじゃないわ。愛し合ったのよ。すばらしすぎて、このさきあなた以外の男性に触れられるなんて、考えられない」

デインは目をつぶった。彼もまさにそう思ったが、それを告げるわけにはいかなかった。デインの感情は、鎖でがんじがらめに縛られていた。

「あれはセックスだ」デインはやっとの思いで目を開けるとテスを見すえ、冷たく言い放った。「それに、おれに子供がつくれなくてよかったと思うんだな。さもなければ、とんだ面倒を抱えてるところだ」

「あら、わたしならそうは思わないけど」テスはにっこり笑った。

ヘレンはあとになって、テスが彼女の教えにしたがって誘拐されずにすんだと知り、たいへん気をよくした。デインは、テスに護身術を教えたヘレンにボーナスを出しはしたものの、一日じゅうひどく機嫌が悪かった。彼の視線はあたりにはばかることなくテスを追い、頭は例の麻薬の売人のことでいっぱいだった。デインはかつてないほど殺気だっていた。

彼は銃を持ったなみいる調査員に留守を任せると、この誘拐未遂を扱うことになった警察署にもう一度おもむき、担当の巡査部長に会った。

「進展なしだ」グレーブス巡査部長はデインを自分の部屋に迎えて言った。「いろいろ情報屋も使ってるんだが、どうやら二匹のネズミはうまいこと地下にもぐったな。あんなことをしでかしたあとだ、こっちがやっきになって探すことぐらいわかってるんだろうよ。それにしても、あんたの秘書はついてた。彼女をさらおうとした男はトンビーっていうんだが、前に一度、証拠不十分で殺人罪を免れたやつでね。あれは、車に連れ込んで殺す気だったな」

「そうだな」デインは硬い口調で言った。そのことは考えたくなかった。考えたら、頭がどうにかなりそうだ。「うちの連中にも、やつらを探させるよ。テスがまたむこうの手に落ちたらたいへんだ」

「あのふたりについちゃ、ちょっと考えがあるんだ」グレーブスがふと言った。「じつは麻薬授受で捕まって目下仮釈放中のルーイって男がいるんだがね。例のふたりがからんでいる組織に、引っかかりのあるやつなんだ。そいつにちょっと個人的な圧力をかけてみようと思ってね」

デインの顔がゆっくりほころんだ。「住所は知ってるかい?」

デインは事務所に戻ると、手に入れた住所をアダムズに渡し、いくつかの指示をした。そして、事務所を閉める時間になると、テスからかたときも目を離さず、アパートに連れ帰った。

帰宅すると、デインは上着をばさっと脱ぎ捨てた。テスは見慣れた光景に優越感を感じた。デインと暮らして、すっかり甘くなってしまった。彼のそばにいるのは最高。でも、例の男たちが捕まったら、うちに帰るんだわ。そう思ったら、テスは青くなった。

こった首筋を片手でさすっていたデインがこちらを向き、テスの表情を見とがめた。

「どうした？」

「あのふたりが捕まったら、わたし、うちに帰らなくちゃいけないんだわ」

デインはわずかに顔を曇らせた。そのことは考えたくなかった。考えるとむなしくなるのだ。テスと過ごしたこの数日間は夢のようだったが、それも、テスと愛し合ったからだけではない。彼女と一緒にいること自体が楽しいのだ。

「きっとあなたはほっとするでしょうね」テスはわざと明るく言った。「バスルームにランジェリーが干してあることもなくなるし、ソファの下に靴がころがってることもなくなるし……」

「それは違う。きみが帰ったら、きっと寂しくなるよ。きみもそうだと思う。だが、前もおたがい、うまいことひとりの生活に戻れたじゃないか」

テスはデインの瞳を見つめた。「あなたが撃たれて、わたしが世話したときのことね？」

デインがうなずく。「あのときもほとんどいまぐらいの関係だったが、おれが突っ走ったせいで、きみを怖がらせて追い返してしまった」

テスはやさしくほほえんだ。「でも、もう怖くないわ」

デインは近づいて、テスを引き寄せた。テスの頭に頬ずりしながら、ゆっくり体を揺らす。「続けるわけにはいかないんだ」彼は苦々しく言った。「言ったろう？　約束するような関係はいやなんだ」

テスはデインのわきに両腕をまわし、白いシャツにおおわれた広くて温かい胸に頬をうずめた。言いあらがってもしかたがないので、なにも言わない。テスは深く息を吸い込み、デインと過ごす一秒一秒を大切にした。少なくとも、すてきな思い出だけはとっておける。

「今晩、一緒に寝てもいい？」

デインは体を硬くし、かすれた声でこたえた。「おれもそうしたい。だが、だめだ。きみが出ていくときに、つらくなるだけだ」

「それじゃまるで、車が壊れると腹がたつから、まるっきり運転しないで置いておくようなものだわ」

デインは思わず含み笑いをもらした。「そうだな」彼は顔をあげた。「これ以上たがいに近づくのはよくない。いまのままでさえ、ひどくつらい思いをすることになるんだ」

テスは言い返そうとしたが、デインの親指に唇を押さえられてしまった。

「きみはおれを愛してると思っている。だが、アパートに帰ったら、そのうちみんな忘れるさ。きっと、こんどのことがぜんぶ悪夢に思えるよ」

「ゆうべのことは悪夢じゃないわ」

「わかっている」デインは息がつまるようなやさしさでテスの額にキスをした。「だが、あれはひと晩かぎりのことだ。時がたてば、きみは忘れる」

「あなたも忘れるの？」

デインはテスを放すと、伸びをして聞こえなかったふりをした。「今夜はだれがなにを作るんだ？　おれはハンバーガーをいくつか食べたい気分だな。昼のピザひと切れじゃ、腹のたしにもならなかったよ」

「じゃ、ハンバーガーに決まり。わたしが作るわ」

「いつもきみが料理じゃ、不公平じゃないか？」

「あなたが作ったのを食べるぐらいなら、このほうがましよ」テスはぶつぶつ言ってキッチンへ入った。

「そいつは男女差別だよ」

「あなたがそれを言うわけ？」

デインは鼻を鳴らすと、寝室へ着替えに行った。

テスはハンバーグを焼き、上にのせるスイスチーズをスライスし、チャイブにオニオンスライスとマスタードとマヨネーズを用意した。デインは目の前に出されたものを、うさんくさそうに見た。

「文句を言う前に、まず食べてみてよ」

デインは不審のまなざしで、ハンバーガーをじっとにらみつけた。やがて手に取ってひと口かじり、目をまるくする。「変わった味だ」

「キットが教えてくれたの。彼女はボスから習ったの」

「そういや、ずいぶん長いことあのふたりを見ないな」デインは濃いブラックコーヒーでハンバーガーを流し込んだ。「ローガン・デヴラルはうちの事務所の最上得意だ。おふくろさんのタンジーのおかげで、黒字を保っているようなものだからな」

テスは笑った。「まったく突拍子もない人よね。いつもなにかに夢中で、それがたいていとんでもない厄介ごとなんだから。うちは年じゅうタンジー捜しを依頼されてばかり。ミスター・デヴラルは心配しすぎなのよ」

「そうとも言えないさ。タンジーがメキシコで、麻薬所持で逮捕されてからはね」

「あら、あれは誤認逮捕よ。タンジーは派手なバッグを買いたかっただけなのに、屋台の男が勝手に運び屋と間違えて麻薬を渡すんだもの」

「まあ、間違いなんてよくあることさ。ローガンもおふくろさんをどこかに縛りつけておくことができれば、安心なんだろうがね」

「ほんとう。でも、それじゃ上得意を失うわ」

「そいつは困る」

「キットとお昼に行かれなくて、つまらないわ」テスはちらりとデインを見た。「わたしたちが同棲《どうせい》してるって知ったら、きっと引きつけを起こすわよ」

「どこが同棲なものか」

「同棲です。一時的なね」テスが言い返す。

デインは最初のハンバーガーを食べ終えると、ふたつめを作った。こんどはパンの一方にオニオンスライスとマスタードをのせ、もう一方にケチャップをぬった。

「石頭」テスがぼそっと言う。

「人間が伝統的にできているのさ」デインは言いながらふたたび食卓についた。「街で売ってるようなハンバーガーのほうが好みでね」

テスは笑いだした。グレーの瞳は輝き、むかいに座るデインをうっとり見るまなざしも隠しようがない。

「週末に牧場に行くなんて、やっぱりだめかしら?」ねだるようにテスがきく。

デインは用心深い目つきになって、首を振った。「危険すぎる」

「売人が野放しだからね」テスもうなずく。

「いや、そうじゃなくて、こういう関係になったからだ。ベリルだってばかじゃない。おれたちがたがいを見る目つきひとつで、ぴんとくるさ」

「まあ」

「おれだって連れていってやりたいよ」デインは静かなまなざしでテスを見つめ、本音を吐いた。「だが、ベリルは古い人間だから、きみを気まずくさせると思うんだ」

テスは空になった皿を見おろした。「最近はもう、めでたしめでたしなんて、はやらないの？」

「人にもよるさ。だが、おれはあの悲惨な結婚をふっきれないんだ。もともと、むりだったのかもしれないが、それでもはじめはバラ色だった。それがいつのまにか、たがいに愛情を失ってしまった」デインは顔をあげた。「うまくいく保証なんかないんだよ。きみに子供を産ませてやれるなら、もっと違うふうに考えたかもしれない。だが、おれには子供ができない。うまくいきっこないね。怖くて賭《かけ》をする気にもなれない。この気持ち、わかるか？」

「わたしのこと、若すぎると思っているのね」テスはため息をついた。まなざしはデインに焦がれていた。「褒められたんだか、ばかにされたんだか、わからないわ。わたしは一九のときにあなたを愛したし、いまも愛している」テスは寂しくほほえんだ。「ねえ、どうすればこの想《おも》いが止まるの？」

デインは歯を食いしばった。そんな質問にこたえられるものか。彼はコーヒーを飲みほしてカップを置いた。「皿はそのままでいい。料理はきみがしてくれたから、後片づけはおれがする」

「あら、いいのよ……」

「ここはおれのアパートだ」デインは冷ややかに言った。

「皿を洗うのは慣れているんだ。料理をするのもだ。なにしろ、ひとり暮らしが長いんでね」

デインが書斎のほうへ行ってしばらくすると、テスは立ってテーブルの上を片づけた。

それから二日たったが、デインはふたりの関係に悩んでいるようなそぶりはまったく見せなかった。毎晩愛想がよくて親切だが、テスを長いこと見つめたり、そばに寄ったりはしなかった。たいていは書斎にこもって仕事をし、そうでなければ早寝をする。おかげでテスは、アパートではひとりでいることが多く、デインとの距離はどんどん広がった。


なんとしてもわたしを頭のなかから追い出すつもりなんだわ。わたしがジェーンのように、妊娠させてもらえないことをいつか責めるのではないかと恐れているのだ。

そんなことは絶対しないのに。もちろん、子供ができないのは残念だけど、そんなことはかまわないほど彼を愛している。もし、ふたりきりで五〇年過ごせるなら、すぐにもそのチャンスに飛びつくだろう。デインをここまで深く知ったいま、彼なしの人生なんて、考えるだけでも耐えられない。

「テス、ちょっと来てくれ」つぎの日の朝、デインがテスを所長室に呼んだ。

なかにはニック・リードもいた。ブロンドで背が高く、ちっともかまえない魅力がある。彼はヘレンの兄で、もとはＦＢＩの捜査官をしていたのだが、デインに請われてここへ来た。テスもデインひと筋でなかったら、ニックを見るたびに足から力がぬけて立っていられなくなるところだ。ニックはそれほどのハンサムだった。テスがソファに腰をおろすと、彼はにっこり笑いかけ、デインがドアを閉めるのを待った。

「こっちから仕掛けることにした」デインが前置きなしにテスに言った。「ひとり、引っかかりのある男を教えてもらったから、ニックを何度かやったんだ。使えそうな情報を引き出して、同時にむこうにはきみの行動をいくつかもらしてある。そこで、きみをおとりにして、悪者をおびき寄せるわけだ」

「まあ、ありがとう」テスはため息をついた。「あなたの愛には涙が出るわ」

たんなる冗談と思ったニックは低く笑った。だが、デインは笑わない。彼の表情はふさいでいた。

「きみは絶対に安全だ」デインが言う。「うちの所員全員と非番の警官ふたりで、がっちり守ってやる。こっちが優位を保つためには、どう考えてもこうするしかなくてね。むこうから仕掛けてくるのを待つわけにはいかないんだ。それじゃ危険すぎる」

「で、わたしはどうすればいいの？」テスは冷静な声できいた。

「あいつらはまずきみを撃って、おつぎはかっさらおうとしたが、まんまと逃げられているんだよな」ニックがぶつぶつ言う。「デインがきみを調査員にしないなんて、じつにもったいない。テス、きみは生まれながらの探偵だよ」

「言ってやって、言ってやって」テスはデインを指さした。「この人ったら、わたしなんか逆立ちしたって探偵になれないと思っているんだから」

「探偵でなくても、銃で撃たれるときは撃たれるんだ」デインがテスに言う。

「それはそうだが、殺し屋もどきから逃げるとなると話はべつだ」ニックがデインに言った。「うちのやり手でも、そこまでできるのは……」

「本題に戻るぞ」デインはニックをにらみつけてさえぎった。「テス、作戦はこうだ」

デインはテスにいつ、どこで、どうやって罠《わな》を仕掛けるか教えた。テスは不安で怖かったが、最初にあの男たちから逃げたときも不安で怖かったではないか。それがいまでは、銃弾にさらされても冷静でいられる自信がある。だから、きっと大丈夫。

少なくともこれが終われば、もう危険はなくなるのだ。でも、同時にデインの生活から出ていくことになる。こっちは望んでいないのに、デインは早く追い出したいらしい。たしかに、鋭く切った傷のほうが治りが早いとは言うけれど、デインから離れたら、たとえ自分の人生を立てなおせたとしても、もうもとの自分には戻れないだろう。

その週末、デインはアパートにいてもいつになく落ち着きがなかった。ゆっくりテレビも見ていられないらしい。

「出かけるぞ」デインはテスのほうを見て、ぶっきらぼうに言った。「なにか上に着てこいよ。馬に乗りたくなった」

「どこで?」

「牧場だ」デインのことばに、テスがぽっと頬を赤らめる。「きょうはベリルが休みなんだ。もっとも、おれたちは隠すのがうまいらしい。現にヘレンには、もっときみにやさしくしてやれと言われたよ。おれがきみをいじめてると思っているらしい」

「あら、違うの?」すまして言い返す。

デインはむこうを向いた。「さあ、行こう。一日じゅうここでぶらぶらしてたって、しかたがないんだ」

そうでしょうよ。どうせ、わたしに触れる気はないんだから。テスは苦々しく思った。でも、まる一日一緒に過ごせるのだから、文句は言うまい。あとになれば、一分一秒が大切な思い出となるのだ。

テスはピンクのスニーカーをはいてデニムのジャケットをつかみ、デインのあとからドアを出た。

空気は冷たく、ビッグ・スパー牧場との境界線ぞいの低地をデインとともに走るときなど、ジャケットのぬくもりがうれしかった。テスが馬に乗ろうと奮闘する姿はおかしかったらしく、デインはめったに見せない笑みを口もとに浮かべた。彼が貸してくれた老いた雌馬は気性がおとなしく、テスもしばらくすると慣れた。乗馬は想像していたような試練ではなく、なかなか楽しいものだった。

デインが鞍《くら》の上でゆっくり背中を伸ばし、わずかに顔をしかめた。

「腰、大丈夫?」テスは心配になって尋ねた。

デインは皮肉っぽく笑ってみせた。「二、三日前の夜までは大丈夫だったんだが」

テスは声をあげて息をのんだ。「弱虫。自分は平気でこのことを持ち出すくせに」

デインはテスの手を取って口もとに持っていった。「あの晩は、すばらしい贈り物をありがとう」

テスはまっ赤になって、ことばが返せなかった。

デインは両方の馬を止めると、テスの手を固く握って引き寄せ、彼女がこちらを向くのを待った。

「自分が完璧《かんぺき》な男になった気がしたよ」デインはゆっくりと言った。「たとえ、子供はできなくても」

テスはひるんだ。「デイン、子供を作ることだけが結婚の目的じゃないわ」

「たぶんね」デインは疲れた声で言った。「だが、それひとつで、結婚がだめになるんだ」

表情がだんだんこわばっていく。「おれの結婚がそうだった」

「わたしはジェーンじゃないわ！」テスは叫んだ。

デインは食い入るようにテスを見つめた。「ああ、それは疑う余地もない。ジェーンはおれと一緒のベッドに入るのもいやがったからね」高い頬骨のあたりに赤みがさす。「だが、きみは違った。ああ、きみは……」これ以上はことばにならなかった。デインはつらそうに目をつぶり、テスのてのひらに唇を押しつけた。「あんなのははじめてだった」

これまで聞いたこともないような感情むき出しの太い声に、テスまで顔が赤くなった。

「男の人はいつも満足できるのかと思ってたわ」

黒い瞳がテスの目をとらえる。「おれはもう少しで、きみの腕のなかで気を失うところだった。あれを思い出すだけで、体が興奮してくるよ」

テスの唇が開いた。テスも同じように興奮していた。デインのもろさをまのあたりにし、ほんの一瞬、彼の抵抗が弱まったように思えた。

だが、そのときふいに遠くから蹄《ひづめ》の音がして、デインの注意がそがれてしまった。デインはテスの手を放すと、帽子の広いつばの下で目をこらした。

「まったく、似たもの同士だな」デインは上背のあるふたりの乗り手を見て言った。

テスは額に手をかざした。「だれなの？」

「コール・エベレットとキング・ブラントだ」デインはタバコに火をつけながら、あぶみを蹴《け》って片足をあげると、鞍の角に引っかけた。ふたりの男が横まで走ってきて止まると、彼はにやりとした。テスと一緒にいるのを見つけて、もっとそばで見ようというわけだ。デインが牧場に女性を連れてくるのは、めったにないことだからだ。

「いい天気じゃないか」銀色の細い目をした年かさの男が言い、テスの紅潮した顔をじろじろ見た。

「乗馬日和だ」連れの男も言い、やせたこわもてに黒い目をきらめかせた。

「名前はテリーサ・メリウェザー」デインは大げさに、うんざりした顔をしてみせた。「縮めてテスだ。事故がなければ、彼女の父親とうちのおふくろは結婚するはずだった。だから……家族さ。事務所でおれの秘書をしている」

コール・エベレットはクリーム色のステットソン帽を押しあげると、銀色の静かなまなざしでデインをまじまじと見た。「へえ」それから、テスに向かってほほえんだ。「はじめまして」皮肉っぽく小ばかにしたような笑いではなく、温かい笑顔だった。

「やあ、よろしく」キング・ブラントも言った。こちらは愛想はいいものの、どこか気性に鋭いところがあって、なんだか近寄りがたい。テスははにかんでほほえみながら、奥さんのシェルビーは、よくこんな山猫と結婚する勇気があったものだと感心した。

コールも荒々しい風貌《ふうぼう》をしているが、彼はデインやキングより年上で、こめかみに白いものがあった。

「ヘザーはどうしている？　まだ、歌を教えているのか？」デインがコールに尋ねた。

「ああ、それに歌も書いている」コールがこたえる。「去年も、ワイオミングあたりで活動してる、デスペラードっていうグループに一曲売ってね。ボーカルがその曲で、またひとつグラミーを取ってくれたよ。ヘザーもせがれたちも大喜びさ」コールはくっくっと笑った。「ちょうど、ポップスが好きな年ごろなんだ」

「うちの子供たちもさ」キングがうんざりぎみに言った。「デイナはキーボードを持ってるし、マットはドラムセットだ。あのふたりが練習を始めると、シェルビーは菜園いじりから帰ってきやしない。ふたりとも中学生でね。こいつの三人息子とべったりさ」キングはコールをにらんでぶつぶつ言った。「まったく、いまにおれは騒音で頭がおかしくなって、月に吠《ほ》えるだろうよ」

「うるさくされるとのんびりできないから、子供たちはこいつの家へ行かせることにしているんだ」コールがすまして言う。「ヘザーから聞いたんだが、シェルビーはもっと子供が欲しかったんだって？」コールはキングに向かって、口をすぼめてみせた。「おまえ、まだそんなに年じゃないだろ？」

「あんたは年でも、おれは違う」キングはやり返してから、こんどはデインに矛先を向けた。「再婚なんて考えないのか？」歯に衣《きぬ》を着せずにきく。

デインはまばたきひとつしなかった。「ああ。ところで、おふたりさん、うちのゲストの顔を見るほかに、なにか用があったのか？」彼はうるさそうにふたりを見すえた。

「ほら、雄牛の替えどきだろう？」コールが言う。「キングが近いうち一頭売って、新しいのを買うそうだ。ちょうどおれたちのも厄介払い……その、売らなくちゃならんから、キングがたがいに交換しちゃどうだと言うんで、相談しようかと思ってね」キングの冷ややかな視線は無視して、テスににやりと笑う。「もちろん、きょうでなくていいんだが」

デインはあからさまな言い訳に含み笑いをもらした。「わかったよ。こんどの週末また来るから、そのときに話そう」それまでには、テスを狙《ねら》う男たちを罠にかけて、彼女もアパートから出ていっているだろう。そう思ったら、心が重くなった。

コールはテスのほうを見た。「牧場にはゆっくりしていくのかい？それなら、きっとヘザーも会いたがると思うんだがね」

「きょうはもう帰るが、またいつか連れてくるよ」デインが言った。

「ああ、それがいい。じゃ、またこんどの週末」

「会えてよかったよ」キングはテスにそう言うと、馬の向きを変えて走りだした。コール・エベレットも笑顔を残して、そのあとを追った。

テスは走り去るふたりを見送った。「ふたりとも結婚して長いの？」

「ああ、もう何年もたっている。子供たちももうみんな十代のはじめだ」子供たち。デインは顔をこわばらせた。「もう戻ろう」

テスは片手で手綱をたぐり寄せているデインの二の腕に、そっと手をかけた。「気に病んじゃだめ。デイン、子供がすべてじゃ……」

「作れない者にとってはすべてなんだ」デインは鋭くさえぎると、険悪なまなざしでテスを見すえた。「テス、赤ん坊なんか欲しくないって言ってみろよ」彼は冷たく挑戦した。

テスは苦悩と同情に目を曇らせたが、デインは違うふうに受けとった。彼は小声でののしると、ひとりさきに走りだした。テスも重い心を抱えて、そのあとを追う。デインは絶対に屈しないと、テスはこのとき思い知らされた。子供を作れないというこだわりが強すぎるから、もう結婚はしないだろう。子供がいなくてもしあわせだなんて、どうしても信じられないから、テスにたいしてどんな感情を持っていようと、結婚は問題外。彼はたったいまひとことも発せずに、それを断言していった。

納屋に戻ると、テスは体じゅう痛くて震えた。デインは彼女が顔をしかめるのを見て、馬からおりるのを手伝った。だが、いつものごとく、テスの体に触れるとどうしようもない欲望が頭をもたげた。

デインはテスの腰をつかみ、目を見つめて体を触れ合わせたまま、テスを下におろした。

「いいお友達ね」テスがかすれた声でささやく。

「ああ、そうだな」ふつうに呼吸するにも努力がいった。デインはふっくらしたテスの唇を見つめて、うめきそうになった。「もう、帰らないと」

テスは震えて息を吸い込んだ。「楽しかったわ」

「体が痛いだろう？」

テスはうなずいてほほえんだ。「馬に乗るなんて新しい経験だけど、好きになれそうよ」

デインはテスの瞳をゆっくり探るように見つめた。「その気になれば、おれだっていろいろなことを好きになれるんだと思う」彼の顔がこわばる。「きみが欲しくてたまらない。だが、抱くわけにはいかないんだ」デインは荒っぽい声でささやいた。

「デイン……」

デインはテスを放すとあとずさった。「だめだ。あと一日か二日すれば、きみの厄介ごとにもけりがつく。そうしたら、それぞれの生活に戻るんだ」

7

窓のそとは暗く陰鬱《いんうつ》だった。ぱらぱらと雨も降ってきた。冷たい雨だ。テスはブルーとグレーのプリントシャツに黒っぽいスラックスで、グレーのセーターをはおっていたが、うすら寒くて腕を抱えた。背後ではデインがタバコを吸いながら、時間になるのを待っていた。

ニックやヘレン、アダムズ、そしてグレーブス巡査部長のところの腕ききの部下ふたりは見えない場所に隠れている。ひそかに探ったところでは、事務所は見張られていた。今夜はその見張りを逆手に取って、罠《わな》を仕掛ける。デインとテスは残業を装っていた。ほかの調査員たちはしばらく前に、見張りにそれとわかるよう騒々しく退社した。そして、少し離れたところに車を停《と》め、それぞれ決められた場所にこっそり戻っていた。

デインは腕時計を見た。不安だった。こんなことはしたくないが、しかたがない。このままではいつまでもテスが危険だ。このつぎはデインだって、まにあわないかもしれない。テスはすでに一度やつらの手に落ちている。だからこうすれば、危険ではあるが、やつらを捕まえてこれっきりにできるはずだ。テスに怖い思いはさせたくなかった。この手でずっと守ってやることはできないが、傷つくのは見ていられない。

「怖い?」デインはやさしく声をかけた。

「逃げ出したいくらい」テスは本音をもらした。「でも、これがふつうなんでしょ?」

デインはうなずいた。「ああ、そうだ。おれも撃ち合いの経験は何度もあるが、毎回恐怖を味わったよ。もっとも、逃げ出したりはしないがね」

テスは思わずほほえんだ。「危険を冒すときに出るアドレナリンて、ものすごいのよね。わたしも走って逃げたとき体が舞いあがるような気がしたわ」

デインは眉をひそめた。「あれは癖になる。だから、きみには探偵の仕事をさせないんだ。やれば、味をしめるからね。きみに毎度毎度、危ないことをさせられるものか」

「あなたはいつもしているわ」テスは言い返した。「絶対にやめないじゃないの」

「あとに残して、泣かせるような人間もいないからね」言い返せるものなら言ってみろといわんばかりだ。「こういう仕事は、家族持ちにはむかないんだ。仕事がきついから、どんなにいい関係でも壊れることがある。ジェーンは騎馬警官の仕事をいやがったよ。ほとんどうちに帰らなかったからね」

テスのまなざしが和らいだ。「デイン、もし彼女を愛していたら、ほんとうに愛していたら……帰っていたんじゃない？」

デインは心を閉ざし、無表情になった。腕をあげて時計を見る。「時間だ」そして、タバコをもみ消した。テスはこたえたくないようなことをきいてくる。「やることはわかってるな？」

「ええ」

デインはアタッシェケースを取ると、テスの前でためらった。黒い瞳がテスの顔を撫《な》でるように見る。「むちゃはなしだ。もし、予想外のことが起きたら、大声をあげるなり、窓を割るなり、なんでもいいから知らせるんだ。おれはかならず近くにいるから」

「わかったわ」テスはのどをごくりとさせた。口のなかは乾き、てのひらはじっとりしていた。心臓も早鐘のように打っているが、怖がっているのをデインに悟られてはまずい。よけいに心配させるだけだ。

「援護も大勢いるからな。大丈夫、もう今夜でぜんぶ終わる」デインは人さし指でテスの唇を撫でた。「ほら、勇気を出して」デインはかがんでテスの下唇をかみ、唇を激しくむさぼった。そして、テスが抱きつくまもなく、ドアから出ていった。

テスはひとりになった。事務所が急に寒々として不気味に見えてくる。テスはそわそわと、その場を行ったり来たりした。デインは駐車場へ行ったらアタッシェケースを車のトランクに入れ、それからタバコに火をつけて、事務所に戻ってくることになっていた。これならはた目にも、ちょっと席をはずしたぐらいに見える。わざとテスを残して帰るように見せては、かえって罠だと思われてしまうだろう。

そのわずかな時間に、焦茶のセダンが静かに停まり、ふたりの男が通りに降り立った。男はビルづたいに進み、デインが駐車場の角を曲がるのを陰から見ていた。

チャンスだ。男たちはビルに駆け込み、エレベーターに飛び乗って探偵事務所のフロアにあがった。エレベーターが止まったときには、すでに銃を構えていた。こんどはわずかな油断も許されない。

だが、ふたりはデインに見られたのを知らなかった。デインはただちにビルの裏へまわり、業務用エレベーターであがった。事務所の裏口からなかに入る。四五口径の自動拳《けん》銃《じゅう》を抜き、撃鉄を起こして構えたとき、入り口のドアがゆっくり開いた。物音を聞いたテスが、そちらを向く。最初に入ってきた男がだしぬけに銃をぶっぱなし、テスは硬直してその場に凍りついた。もう、だめ。みんながここへ来る前に撃たれてしまう。先日の痛みがよみがえり、テスは恐怖に引きつった目で呆然《ぼうぜん》と銃を見つめた。デイン！　心のなかで苦悩の叫びがあがる。最後の最後に思ったのはデインのことだった。

「伏せろ！」

だれかが命令したとたん、自動火器の銃声が静寂を引き裂き、テスは床に突っ伏した。デインは元警察官のすばやさでテスのそばにころがり込み、弾をよけた。撃ち返せるすきはほんの一瞬だが、射撃には自信がある。デインはウージー短機関銃《サブマシンガン》を構えた最初の男に狙《ねら》いをつけると、引き金を引いた。相手もふたたび撃ってきたが、つぎの瞬間悲鳴をあげ、肩を押さえて床にくずれ落ちた。すると相棒が逃げ出した。デインはしなやかに飛び起きると、負傷した男を腹ばいにころがし、慣れた手つきですばやく身体検査をした。彼はテスが見たこともないほど厳しい顔で、黒い瞳も燃えていた。デインはいつも携帯している手錠を取り出して、男の両手にかけると、ひざまずいてがたがた震えているテスのところへ戻ってきた。

「もうひとりは?」テスがあえぐ。

デインは腕を取って、テスを立たせた。「いまごろ、ニックが捕まえているはずだ」

「テス!」

ヘレンが叫びながらエレベーターから飛び出し、続いてニックも現れた。

「銃声が……」ヘレンは床に倒れている男を見て立ち止まると、デインとテスを眺めまわした。「大丈夫だった?」

「こっちは無事だ。それより、こいつの相棒はどうした?」デインは男に向かってあごをしゃくった。

「巡査部長の部下に引き渡したよ」ニックが拳銃をホルスターに戻しながらこたえた。彼はデインと同じ黒い瞳を怒らせてヘレンを見た。「このミス・ジェームズ・ボンドには困った。ものさ。撃ち合いのまっただなかに、のこのこ入ってくるんだからな」

「嘘《うそ》！」ヘレンはいきりたった。「ひょっこり現れたのは、そっちじゃないの！　なにかまずいことが起きると、どうしていつもわたしのせいなのよ！　自分は絶対にミスしないと思っているわけ？　ミスター・パーフェクト！」

「ああ」ニックはにっこり笑った。

デインはヘレンの表情に笑いをかみ殺した。「もう、いいかげんにしろ。それより、この負傷者に救急車を呼んでやれ」彼はヘレンにウージーを渡した。

「ほら、気をつけないと指紋がつくぞ」ニックがわざとらしく言う。

「銃の持ち方ぐらい知ってるわよ」ヘレンもすましてやり返す。「兄さんが教えてくれたんじゃないの！　あなた、大丈夫？」こんどはテスにきく。

「ありがとう、大丈夫よ」テスは小声でこたえた。

「まったく、探偵ってやつは！　おまえら、くたばっちまえ！」床の男が毒づいた。

デインは感心しないといった顔をすると、テスを引き寄せてやさしく声をかけた。「さあ、行こう。もう、ここにはいないほうがいい」

長い夜だった。テスは供述したあと、それを入力するあいだ待たされ、こんどはその供述書を読み返すのを聞いてサインしなければならなかった。負傷した男は、警察の監視つきで病院に運び込まれた。あとは裁判が始まるまで、郡の拘置所で過ごすことになるだろう。相棒のほうは逮捕されて留置場に入れられ、さっそく弁護士が電話で呼ばれた。保釈はなしと、デインも約束してくれている。テスはようやく胸のつかえがおりた。

その晩、テスは勧められるまでもなくぐっすり眠り、目覚まし時計が鳴ったのにも気がつかなかった。起きるとデインの書き置きがあり、きょうは仕事を休んでゆっくりするようにと書いてあった。

たしかにテスは疲れていた。きょうは荷造りもある。もっとも、デインに言われたわけではない。それどころか、ゆうべはほとんど口をきいてくれなかった。やさしくはしてくれたが、よそよそしくて慰めもおざなりだった。そのうえ、話より休息が必要だと言って、テスはさっさとベッドに追いたてられてしまった。

夜になってデインが帰宅したときには、荷造りも終わってスーツケースが出してあった。テスは白いざっくりしたセーターにシンプルなグレーのスラックス姿で、髪を三つ編みにして背中にたらし、横にコートを置いてソファにかけていた。

デインがドアから入ってくると、テスは顔をあげた。彼はスーツケースを見るなり顔をしかめた。

「このほうがいいでしょ？　泣いたりすがったりしなくて」彼女は静かに言って立ちあがった。「うちまで送ってくださる？」

デインは深く息を吸い込んだ。テスの言うとおりだ。このほうがいい。だが、このところずっとそうだったように、今夜もてっきりソファにまるくなってテレビを見ていると思っていた。それを、いきなり帰ると言われ、痛烈な一撃を食らった気がした。

「じゃ、行こう」デインは硬い口調で言った。「出かけるなら、腰を落ち着ける前がいい」

「ありがとう」

テスはコートを着ると、デインについてアパートの部屋を出た。うしろは見なかった。振り返ったら、心が粉々になってしまいそうだった。

「あの男たちのことは心配ない」デインがテスに言う。「もう、絶対に出られないはずだ。きみの証言が必要なときは、グレーブスが連絡してくる」

「ええ、巡査部長にそう言われたわ」テスは街灯に目をこらし、それっきり口をつぐんだ。声がつまって、これ以上なにも言えない。

テスのアパートは寒かった。テスがサーモスタットの温度をあげているあいだに、デインは車から荷物を運び込んだ。やがて、彼はその場に立ちつくしたが、濃紺の三つ揃《ぞろ》いのスーツを着て背筋を伸ばした姿は優雅だった。

「ひとりで大丈夫か?」

「もちろんよ。もう、安全ですもの……でしょ?」不安になってきき返す。「あのふたりに恩のある仲間なんていないわよね?」

デインがうなずいた。「さいわいやつらは、ほかの売人の縄張りを荒らしてる、新顔のはぐれ者でね。敵《かたき》討ちをしてもらえるほど好かれちゃいない」

「よかった」

デインは表情もまなざしもどこか寂しげに、テスを見つめた。「気が向かなかったら、あしたも休んでいいぞ」

「仕事に戻るのは平気よ」テスは両腕で体を包み、顔をあげた。「戻ってもかまわないなら……」

「辞めさせるわけがないだろう！」デインが鋭く言い放つ。「こっちのせいで撃たれたきみを、おれが路頭に迷わせると思うのか？」

「あなたのせいじゃないわ。わたしがよけいなものを見ちゃっただけ。あなたを責めたことはないわ」

デインは荒く息を吸った。「だが、おれは責めたね。いろんなことで、自分を責めたよ」

「わたしはもう大人よ」テスは胸を張って言った。「すべて自分の判断で選択したわ」

「ほんとうにそうか？」デインは疑惑のまなざしで、テスの瞳を探った。テスの顔が赤くなる。「きみは自分で選択したつもりかもしれないが、はたしてどうかな。こっちから誘惑したんだぞ」

テスは悲しそうにほほえんで、首を振った。「残念ながら、誘惑したのはわたしのほうよ」

デインはわずかに肩を落とし、タバコに火をつけてテスを見つめた。「そのうちきみも忘れるさ。いまはそう思えなくても、絶対に忘れる。人間なんて時がたてば、どんな痛みも忘れるものなんだ」

「ジェーンはあなたをほんとうに深く傷つけたのね。わたしは絶対にそんなことしないけど、あなたは人間の感情を信用していないから、確信が持てないんだわ。でも、それじゃ一生ひとりよ。いいの？」

「ああ」デインはにべもなくこたえた。そして、嘘を見破られまいと目をそらした。ほんとうはテスが欲しいが、そっとしておくほうが彼女のためなのだ。いつかしあわせな結婚をして子供が生まれれば、おれのことなど忘れるだろう。

デインにこうもはっきり言われると、テスはことばが返せなかった。もうこれ以上の説得はむりだ。ことばでも不充分。この体をさし出しても、引き止められない。あとに残ったのは彼への愛だけだが、それも信じてもらえない。デインはたったひとことで、テスの説得をすべて封じてしまったのだ。

「それじゃ、もう、なにも言うことはないわ」

「そうだな」デインは狭いアパートのなかを見まわし、ふたたびテスに視線を戻すと、ほんの一瞬その顔を見つめた。それから背中を向けてドアを開けた。「じゃ、あしたの朝」

そとは雨、また雨だった。デインは車に戻ったが、すぐには乗らなかった。彼はうしろむきに寄りかかり、明かりのついたテスのアパートの窓を見あげた。おれはいつも窓のそとだ。いつも冷たい雨に打たれて、暖かい部屋をのぞいている。もし、テスに子供を産ませてやれたら、いまもまだあの部屋にいて彼女を愛し、抱き締めていたかもしれない。だが、産ませてやれないのだから、ここで自分の感情に負けたらテスがかわいそうだ。

デインは歩道にタバコをほうり、それが水たまりに落ちて、音をたてて消えるのを眺めた。まるで、心の炎が消えて冷たくなった自分のようだ。デインは体を起こして車に乗ると、夜の町に走り去った。

ふたたび仕事に戻ったテスは、デインに冷たくされるものと覚悟していた。だが、まるっきりの無関心までは予想していなかった。まるで、パソコンでも扱うようだった。テスから情報を引き出してかわりに新しい情報を与え、仕事が終わると彼女を残してさっさと帰宅する。いまやどこをとっても、たんなるボスと秘書の関係だった。

テスは機械的に仕事をこなしたが、心ここにあらずだった。デインはテスの存在をうとんでいる。この席に座る彼女の姿を目にするのもいやそうだが、テスには彼のほんとうの望みをかなえることはできなかった。辞職なんてできなかった。

「一緒にピザを食べに行かない?」にこにこ顔のヘレンが誘いに来た。「いまやわたしは、新聞に名前が載ったヒロインだからね」例の逮捕劇は新聞の見出しを飾っていた。「ピザ屋の主人がわたしにぞっこんなの。なんでもただにしてくれちゃうわけ」

「あまり、そとに出たい気分じゃないわ。このごろ、眠くてたまらないのよ。きっと、プレッシャーがまだ残っているのね」テスはほほえんだ。「来月は裁判があるから、法廷に行かなきゃいけないし」テスを襲った男たちの罪状認否はすでに終わり、裁判の日どりも決まっていた。

「まったく、ああいう強欲で冷酷非道なやつらは、終身刑になるといいのよ」ヘレンがつぶやいた。

「終身刑はむりじゃない？　とうぶんは刑務所暮らしだろうけど。でも、釈放になるときは、南極に引っ越していたいものだわ」テスは身震いした。

「あら、知らないの？　デインから聞いたと思ってたわ。あいつらは商売がたきも殺してたの。凶器はウージーで、あの乱暴者がここで撃ちまくったウージーと線条痕が一致したのよ。だからあなたの件で裁かれるわけじゃないの。地方検事は第一級殺人と、密売目的の二件の麻薬所持で送るつもりよ。それだけあれば、あなたの件なしでも充分だと思っているみたい」

「デインはなにも言ってなかったわ」彼はよほどのことがなければ口をきかないし、テスをまるで病原菌かなにかのように避けているのだ。

ヘレンは目を細くして考えをめぐらした。「デインもあなたみたいにひどい顔をしてるのよね。かわいそうに、あなたが危険にさらされてて、おちおち眠れなかったんだわ。おまけにその寝不足も解消しないうちに、騒ぎが終わったとたん、仕事をふたり分も抱えちゃって。きっと、神経が高ぶって、そのエネルギーを仕事で消耗しようっていうのね」

「きっと、そうよ」テスはあくびをした。「わたしもそんなエネルギーが欲しいわ。もう、くたくた！　誘ってくれてうれしいけど、いまはほんとうにスパイスがきいたものは食べたくないの。ここ二日ぐらい、胃がむかむかして……。アダムズがウイルスでおなかをやられてたけど、うつったのかしら。彼ったら、わたしにぴったりくっついているんだもの」

「ハロルドがいま、かぜなの。ここへ連れてきて、アダムズにぴったりくっつけといてあげようか」

「まあ、なんて友達思いなの」テスは大げさに言った。

ヘレンがにやっとする。「わたしってそうなの」

テスは帰宅すると、ベッドに直行した。そして翌朝、食べた朝食をもどしながら、なんてしつこいウイルスだと思った。テスは事務所に病欠の電話を入れるとベッドに戻り、そとの雨音を聞きながら、ぼんやりとしたいい気持ちでふたたび眠りについた。

その日、仕事帰りのデインが様子を見に来た。彼がわざわざ見舞いに来てくれるなんて。

もうてっきり、個人的な関心などないのかと思っていたのに。

「具合はどう？」デインは戸口できいた。

テスは青い顔をして髪もくしゃくしゃで、古いコットンのパジャマに、爪先《つまさき》まで隠れそうな厚手の赤いパイル地のバスローブをはおっていた。「アダムズにウイルスをうつされたの」力ない声でこたえる。「わたしのかわりに、撃ち殺しといてよ」

「なにか欲しいものはないか？」

テスは首を振った。「ありがとう。フローズンヨーグルトがあるからいらない。あれで充分よ」

デインはためらってから、心配そうにきいた。「医者に診せたほうがよくないか？」

「おなかの不調ぐらいで？　大丈夫よ」テスは帰れと言わんばかりに、ドアのノブに手をかけた。「デイン、もう横になりたいの。わざわざ来てくれてありがとう。きっと二、三日すればよくなるわ。それまで、臨時雇いで我慢してくれるでしょう？」

「じつは、きょうからもう来ているんだ」デインが言いよどむ。「腕のたつ子でね。口述筆記とメカのスピードは、きみと同じぐらいだ」

「わたしが辞めたほうがいいなら、そう言って」テスはデインを見つめて静かに言った。瞬間、デインは図星をさされたような顔をした。「彼女に正社員になる気があるかどうか、きいてみて。もし、その気があったら……」

「つぎの仕事も決めないうちに、辞めさせられるものか」デインは怒りを押し殺して言った。

「きっと、ショート調査事務所がその場で雇ってくれるわ。ほら、ショート所長があなたと合同調査をしたとき、わたしを雇いたいと言ってたでしょ？」

ショートは妻に先立たれたハンサムな四〇男で、品をそなえながら、大胆に行動する人物だ。テスがあの男と同じ部屋で働くのかと思うと、デインの目はだんだんつりあがった。

「それはあまりいい考えじゃ……」デインが言う。

「デイン、わたしにいてほしくないんでしょう？」テスは疲れた声で言った。「ごまかすのはやめましょうよ。一緒に寝て以来、わたしはあなたにとってずっと厄介な存在だった。あなたはまるで、わたしを見るのも耐えられないという目をするわ。その気持ちはわかるの。ただ、そう思われてまであなたのもとで働くのは、つらいわ。だから、もう辞めさせて。わたしは大丈夫だから」

「そのうち、いい男が見つかるさ」デインは苦々しげに言った。

「ええ、そうね」デインの良心を軽くしたいがためのことばだった。本気でそう思っているわけではない。いま抱いているような愛は、消えてなくなるものではなかった。テスはむりをしてほほえんだ。「さようなら、デイン」

デインは肩を怒らせた。「もし、なにかできることがあったら……」

「ありがとう。おやすみなさい」

デインは部屋を出ても、うしろを振り返らなかった。やがて背後でドアの閉まる音がした。

8

ショート所長はテスを雇うのに乗り気だった。翌週の月曜日、テスは少し気分がよくなると面接におもむいた。

長身で品のあるデズデン・ショートも、部屋いっぱいの所員を抱えていた。ただ、デインのところほど厳粛な雰囲気はなく、調査もいささか計画性に欠けるようだ。ショート所長がテスを秘書ではなく、捜索員にするつもりだと言ってくれたので、テスは舞いあがった。

「まさか、捜索員をやらせていただけるなんて……」テスは喜びの声をあげた。

「きみがラシターの事務所で、秘書しかさせてもらえないとぼやいていたのを、ちゃんと覚えていたよ」ショートは低く笑った。「失踪人《しっそうにん》の捜索なら、正規の調査員の仕事ほど危険はないいし、難しくもなくて、なおかつ隠密行動の興奮が充分味わえる。まあ、様子を見ることにしよう」

「なんてお礼を言っていいのか……」

「礼はいいから、たくさん仕事をして、自慢の捜索員になってくれ」ショートは立ちあがると、テスと握手をした。「きょうこのまま残れるなら、メアリーに仕事の説明をさせよう。彼女が辞めるのはこんどの月曜だから、きみにはじっさいに仕事を始めるまで、一週間でここのやり方に慣れてもらうよ」

「わかりました」テスは笑顔でこたえた。「いまからとても楽しみにしてます。頑張ります」

「それにしても、よくデインがきみを手放したな」ショートは不思議がって笑った。「きみたちは身内も同然だったじゃないか」

「例の撃ち合いのせいなんです」テスはごまかした。「なんだか、あの部屋にいるのが気味悪くて」

ショートの関心が消えた。「なるほど」そして、にっこり笑う。「では、きみがここで撃たれないよう、われわれもせいぜい努力しよう」

「どうも」テスはぼそっと言った。

メアリー・プラマーは、三〇歳の陽気なブロンドの女性だった。「あなた、きっとこの仕事が気に入るわよ」そう言って、彼女はテスに商売道具の説明をした。「とても割のいい仕事よ。あちこちの公共機関に情報源がいるから教えてあげるわね。にっちもさっちもいかなくなったら、うるさくせっついて情報を引き出すといいわ」

「情報源まで教えてくださるなんて、とても気前がいいんですね」

「わたしのフィアンセもそう言ってるわ。わたしたち、土曜日に結婚して、月曜にはヨットでバハマに向かうの。彼ったら、ものすごいお金持ちなの」メアリーはため息をついた。「もっとも、彼が生活保護の受給者でも、愛していたでしょうけどね」

テスにはその気持ちがよくわかった。デインのことを考えない日はなく、もう一度彼のもとに戻りたかった。でも、もうむりかもしれない。以前は愛されている自信もあったが、なんの連絡もなく時間がたつにつれて、心は重くなり、自信も揺らいできた。

「顔が青いわよ」メアリーがテスを見て言った。「ほんとうに、もう治ったの？」

「もちろん」と、テスはこたえた。

だが、それから数週間たっても、体調はまったく回復しなかった。それどころか、胃の具合は悪化していた。これはもう潰瘍《かいよう》にちがいない。銃で撃たれ、つけ狙《ねら》われ、デインを失い、そのあげくに転職。プレッシャー続きだから、どこかおかしくなるはずだ。

テスがデインの事務所を辞めて一カ月後、ヘレンがどうしても昼食を一緒にしようと言ってきた。すでに一度彼女の誘いは断っており、今回はむこうも頑として引きさがらなかった。テスもあきらめた。

「やだ、ほんとうに具合が悪そう」ヘレンはサンドイッチショップで会うなり、開口一番そう言った。

「たぶん、プレッシャーのせいよ」テスは説明した。「短いあいだにいろいろあったから」

「やせたし、顔色も悪いわ」

「気をつかってるから。ショート所長はいい人だけど、こっちは慣れない仕事をしているんですもの」

「ふうん」あまり納得していない様子だ。ヘレンは考え込んだまなざしで、自分より年下のこの若い娘をまじまじと見た。「デインは……」

「デザートにアイスクリームを食べない？」テスは笑顔をとりつくろい、話題を変えた。

ヘレンはしばらく返事をしなかったが、テスの言いたいことはわかった。ヘレンはにっこり笑った。「オーケー。わかったわ。じゃ、アイスクリームね」

その夜テスはアパートに戻ると、泣きながら眠りについた。デインに焦がれるあまり、だれかがその名を口にするだけで胸がどきどきする。一度は、彼なしでも生きていかれると自分に言い聞かせたが、じっさいにはとてもむりだった。もう、だめ！

翌朝起きて、事務所へ行こうとしたとき、テスは気を失って倒れてしまった。

やがて意識は回復したが、ただごとではなかった。デインのアパートを出て、事務所を移ってからもう六週間。一カ月以上も食欲不振と疲労が続くなんて、ウイルスにしてはおかしい。まるで癌《がん》の症状じゃないの。これはもう医者に診せなくては。それで潰瘍と言われたら、もうけものだわ。

近くのかかりつけの開業医に電話すると、その日の午前中の診察が予約できた。事務所には遅刻すると連絡したが、きっと、どうしようもないやつだと思われたにちがいない。

診察は型どおりのものだったが、それもテスがライナー医師に症状を説明するまでだった。先生はスツールに腰をおろし、まじまじとテスを見て静かに言った。「ひとつ、いやな質問をするよ。ここ数週間のあいだに性交渉があったかね？」

テスは心臓が飛び出すかと思った。「ええ」思わずこたえる。「一度。と言うか、ひと晩……」

「じゃあ、そのときだ」医師はため息をついた。

「でも、彼には……できないんです」テスは口ごもった。「彼、自分は子供が作れないって……」

医師は疑わしそうな目をした。「このまえ生理があったのはいつかね？」

テスは思い返した。ちっとも気がつかなかったが、もうひと月以上もない。テスはのどをごくりとさせて正直にこたえた。

「では、検査しよう。ミス・メリウェザー、気の毒だが、妊娠だと思うね。症状がぴったりだ」

まるで、みぞおちをしたたか打たれたような感じだった。テスは目をむき、ひどく動揺した表情で、おそるおそる腹部に手をあてた。

「そう、悲観しないで」医師は静かに声をかけた。「近くにクリニックもあるから……」

「いや！」テスは青くなってあえぎ、すでに宿っているかもしれない子供を守るように、おなかの上で手を広げた。「いやよ、絶対にいや！」

「じゃあ、産みたいんだね？」

「ええ、なんとしても」テスはささやいた。「これ以上の望みなんてないわ！」

「だが、父親のほうは？」

「きっと、自分の子供とは思わないでしょうね」テスは悲しげに言った。「それでなくても結婚嫌いな人だから、わざわざわずらわすこともないんです。はっきりしたら……そのとき考えます」

「よろしい。では、ウォレス看護師を呼んで検査を始めるとしよう」ライナー医師はテスの肩をぽんとたたいた。「さあ、気を楽にもって」

だが、検査をしたその晩、テスは思い悩んでいつまでも寝つけなかった。翌日、職場に看護師から電話がかかってきて、たしかに妊娠していると言われたときは、椅子からころげ落ちないでいるのがやっとだった。テスはつぎの予約も産科医の紹介も話し合わず、麻痺《まひ》したようにただ礼を言うと電話を切った。そんなことを決めるのは、あしたでもいい。

残った時間は、ただ機械的に仕事をした。探偵事務所が日常している仕事のほとんどは、失踪人の捜索だった。捜す相手は蒸発した配偶者に家出した少年少女、保釈中に逃亡した重罪犯人や債権者から逃げまわっている負債者、はては事情はさまざまだが、養子となった子供の依頼による実の親捜しというのもある。腕のいい捜索員ならたいてい公共機関から個人的に情報をもらい、少しばかり慎重な電話を一本かけて、一時間以内に捜し出す。

シャーロック・ホームズばりの推理とは無縁だが、成果はあるしやりがいもあった。ついきのうも、診察のあとで仕事に出たテスは、十代の家出少年を見つけ出した。一度は家出したものの、心配している親のもとへ帰ろうと旅費を作っていたのだ。その後、両親と息子からはうれし涙の礼の電話があった。だからテスもきのうはいつもより少し温かい気持ちで帰宅し、こんな自分でもまだ役にたつと思ったのだが……。

ヒューストンは大都会だが、テスは事務所にいることが多く、ほとんどそとに出る機会がなかった。つまり、それだけデインにばったり会う危険も少ないということで、テスにはありがたかった。一カ月が二カ月となり、やがて三カ月がたって、キットが帰国した。

テスの生活は長く単調だった。

テスはデインに電話して赤ん坊のことを話したくてたまらなかった。だが彼は、結婚はいやだ、真剣なつき合いもごめんだとくり返し言っていた。妊娠を告げたら、きっと義務感で結婚を考えるだろう。いくらデインが子供を欲しがっているとはいえ、結婚を押しつけたくはない。それに、もし彼の子供だと信じてもらえなかったら？　デインは子供ができないと言っていた。だから、父親は自分ではないと思うかもしれない。

それに、ほかにもひとつ、妊娠のことを言いたくない理由があった。このごろ少し痛みがあって、かなり出血するのだ。どちらもよくない兆候で、ライナー医師もテスの訴えを聞くと、ただちに彼女を産科へまわした。まず、どこが悪いのかはっきり知ることが先決だ。もし、流産の危険があるなら、デインに言うなんてとんでもない。

テスはしまいに頭が混乱して、なにも考えられなくなってしまった。だが、問題は解決しなかった。

「どうして、きょう昼食を一緒にできないのよ！」キットがわめいた。「わたし、イタリアから帰ったばかりなのよ！　おまけにミスター・デヴラルは怒ってばっかり！　あんな男、もう殺してやりたい！　ねえ、会って、わたしの話も聞いてよ！」

キットの職場はデインの事務所と同じ通りにあるうえ、彼女が通うレストランには彼もよく現れるので、昼食を一緒になんてとんでもなかった。だが、キットにそうは言えない。

「車でここまで来れば……」

「いったい、どういうことよ」キットはひどくまじめな声できいた。「ヘレンがいなかったら、連絡もできなかったのよ。ちょっと留守にしたあいだに、転職はするわ、ヒューストンの反対側に引っ越すわだなんて」

「しかたがなかったの」

「友達にもぜんぜん会わないなんて、あなたらしくないじゃないの」キットはぶつぶつ言った。「なにか、もっと理由があるのよ。絶対にね」

「ねえ、今夜うちへ来てくれたら、事情を話すわ」

「そんなに待てない」

テスはしばらく黙り込み、受話器のコードを指先でねじった。まわりで聞かれているかもしれないと思うと気になった。「じゃあ、いつものレストランはやめて。デインにばったり会いたくないの……」


キットが選んだレストランはこんでいたが、かなりの人数が入れる大きな店だった。デインの事務所からは何キロも離れているが、テスはびくびくとあたりを見まわした。やがて、上背のある優雅なキットがこちらに近づいてきた。妖精《ようせい》のような顔を黒く豊かな髪が包み込み、長くてつややかなまつげに縁取られた青い瞳がきらめいている。テスも長身だが、キットはもっと高く、いまはもっとやせていた。

テスよりも年上のこの若い女性は、彼女を見て眉をひそめた。「太ったんじゃない？」キットはテスが着ているたっぷりした白いセーターを指さした。チャコールグレーのスラックスは、ふだんより二サイズ大きめ。顔も以前よりふっくらして輝いている。

「少しね」テスが打ち明ける。「事務所の近くに、おいしいイタリア料理のレストランがあるから」

「捜索員をやってるそうね」キットはしみじみと言った。「いいかげん、デイン離れの時期なのよ。あそこでは、そういう仕事をさせてもらえなかったものね。あの人って、度しがたい過保護だわ」

席についてメニューを渡されるあいだ、テスはいつになくぎこちなかった。

キットはそんなテスをまじまじと見た。「さあ、話して。ちゃんと聞くまで、あきらめないから」

「妊娠してるの」テスは唇を震わせた。

キットはまるで息を止めたように動かなかった。「デインの子供?」やがてそうきいて、ゆっくり息を吐き出す。

「ええ」

キットは同情のまなざしを浮かべてゆっくりほほえんだ。「で、あちらさんはご存じない」

テスはメニューに視線を落としたままうなずいた。目がうるんで字も読めない。

キットは冷たくなったテスの手を握った。「でも、いつか話すんでしょう?」

「いつかはね。でも、いまはまだ」

「どうして?」

テスはためらった。「ちょっと様子がおかしいの。だからあしたの朝、産科で見てもらうことになっているの」テスは顔をゆがめた。「症状を言ったら、看護師さんも暗い声だったわ」テスは心配な表情の顔をあげた。「わたし、家庭の医学書を読んだの。もしかしたら、これは流産の兆候かもしれない。ねえ、どうしよう? 流産なんていや、いやよ! わたしにはもうこの子しか……」

キットはテスの冷たい指をしっかり握って、力強く言った。「しっかりしなさい。大丈夫よ、テス。大丈夫。大きく息を吸って、もうひとつ。そう、その調子。いいこと。そんなふうに考えちゃだめ。否定的に考えるのはよくないわ。危険よ」

「でも、わたし、どうすれば……」ことばがとぎれ、入り口を見ていたテスの顔がみるみる青くなる。

「デインね」キットはうしろを見る前に言いあてた。「いつもここには来ないくせに。わたし、つけられたのかしら?」

デインは人を探すように、店のなかを見まわした。そして、テスの姿を見つけると、はた目にもわかるほどはっとした。硬い表情で、テスの席に一直線に向かってくる。

「だめ」テスはかすれた声でささやいた。「だめ!」

だが、デインはやってきた。彼はテーブルの横に立つと、静かにすがるようなまなざしで、テスの力ない顔をむさぼるように見た。「何週間もご無沙汰《ぶさた》だったじゃないか」口調はすげない。「たまには顔を見せに来るかと思ったよ。それとも、それほど本気じゃないってことか？」

こちらの顔を見るのもいやと認めたも同然の人が、ずいぶんおかしなことを言うものだ。「職場が遠くだから、なかなか行かれないの」内心ではひどく動揺していたが、テスは落ち着いてこたえた。

「知ってる。捜索員をやっているそうだな」

テスは胸を張った。「ええ。探偵の仕事をかじるのも、目先が変わって楽しいわ」

おれがテスの瞳を見るうちに、デインの目が陰った。彼女にはその理由などわからないだろう。テスを焦がれていたことなど、知るよしもないのだ。アパートは空っぽで、仕事には身が入らず、日々の暮らしもむなしいばかり。まさか、ここまでだれかを恋しく思うとは予想もしなかった。なのに、テスのほうは出ていったきり、寄りつきもしない。永遠の愛を口にしておきながら、別れても平気な顔だ。事務所に電話をしたり訪ねたりするのも、ヘレンに会ったり親友のキットと昼食を一緒にするのも、おっくうだというわけか。

「探偵は危険な仕事だ」デインはぶすっと言った。

「知ってるわ。現にわたしは撃たれたじゃないの」

デインはグレーのスラックスのポケットに両手を突っ込み、深く息を吸った。彼はやつれた顔をしていた。「たまには電話でもくれなきゃ、生きてるのか死んでるのかもわからないじゃないか」

「じゃ、するようにするわ」テスはそうこたえて、テーブルに目をそらした。「きっとヘレンが寂しがっているわね」

デインはあごをこわばらせ、こぶしを握った。たしかにヘレンは寂しがっている。だが、彼ほどではない。デインはどれほど寂しがっているかを伝えたかったが、言っても信じてもらえそうになかった。彼女ときたら、まるで無関心な顔をしている。テス、どうしてだ? デインは苦々しく心のなかで叫んだ。あれほどの夜をわかち合いながら、どうしてこんなふうになれるんだ?

そもそもこちらからテスを手放したのではないか、と自分に言い聞かせてもむだだった。たしかに、なにかを約束するような関係はごめんだと言った。だが、あれはテスなしで生きていく前の話だ。

デインは引きつったテスの顔をしばらく見てから尋ねた。「大丈夫か? なんだか……」なんだか……どうなのだろう? 具合が悪いような、心配事があるような。「また、体をこわしたのか?」

一瞬にしてテスの頬に赤みが戻る。テスは横を向いた。「冬だから、かぜぐらいひくわ」と、言い逃れする。デインを見ると胸が張り裂けそうだった。いつまでも見ていたら、思っていることがすべて目に出てしまう。この胸の下には彼の子供がいるけれど、いまは打ち明けられないのだ。痛い……！

急な痛みに、テスは息をのんだ。いつもの痛みだった。近ごろ長い距離を歩くたびに起こるあの痛み、産科医の診察を予約する原因になったあの痛みだ。

「テス！」デインは横にひざまずくとテスの手を握り、ひどく心配そうな目をした。「どうした？　大丈夫か？」たたみかけるようにきく。

「潰瘍があるみたいなの。なんでもないわ」テスははぐらかした。デインの手の感触に、全身が甘く激しくわきたつ。目が合うとまわりの世界が静止した。いっさいが静止した。デインを見つめていると、心がふたつに裂けそうだった。

デインの顔がゆがみ、瞳に苦悩が満ちた。「テス」苦しみにさいなまれた声で、うなるように言う。

テスはゆっくり息を吸い込み、いまだ彼にたいして感じる焼けつくような欲望に体を震わせた。「大丈夫」テスはささやいた。「ほんとうに、大丈夫よ。それより、あなたのほうこそ元気なの？」小さな声できく。

その声を聞いて、デインは体が温かくなった。頬が上気し、鼓動が速くなる。「いや」声までかすれる。デインは鋭く息を吸い、戻ってくれとすがりそうになるのを必死で抑えた。「おれもきみがいなくて寂しいのかもしれない」デインは自嘲《じちょう》ぎみに笑った。

「インゲン豆に足でも生えたら信じるわ」テスは笑顔でこたえた。

デインは肩で大きく息をした。「捜索員がやりたいなら、うちの事務所でやればいい」あまり乗り気でない口調だ。

テスは感情を隠してふたたび笑った。「ありがとう。でも、戻りたくないわ」まだどうしようもなく愛していることをさらけ出して、デインを困らせたくなかった。哀れみは欲しくない。「いまのままがいいの。仕事はおもしろいし、ショート所長もデートに誘ってくれたし」もっとも、その場で断ったが。「なにか展開があるかもしれないわ」

デインの瞳がいっそう黒くきらめいた。「ショートは四〇過ぎだぞ」デインは歯がみした。「年は離れてるし、あいつは女に気が多いんだ！」

「まあ、もうこんな時間？」雲行きを察したキットが口をはさんだ。「テス、わたし、戻らなきゃ！」

「ほんとう、わたしも遅れちゃう」テスは通路をふさいでいるデインに、迷惑そうな視線を送った。

デインは怒りに体を震わせ、のろのろと立ちあがった。ショートがおれのテスと！　デインは力まかせになにかをたたきつぶしたい心境だった。

キットがテーブルにチップを置いているあいだに、テスはゆっくり席を立ってバッグを取り、おずおずと言った。「会えてよかったわ」

デインはこたえなかった。彼は全身に怒りをにじませ、じっとテスを見つめていた。と、急に眉をひそめた。テスの体を撫《な》でまわすように見るうちに、いっそう難しい顔になる。

「太ったんじゃないか？」彼はだしぬけにきいた。

「少しね」テスは彼の刺すようなまなざしを避けた。「ドーナッツの食べすぎなの」

「いや、このほうがいいよ」デインはためらいながら言った。

テスは下唇を血が出そうなほど強くかんだ。デインに話してしまいたい。隠しているのはつらかった。たしかに、彼はどんな反応をするかわからないし、妊娠が順調でないことを考えると、言わないほうが賢明だとは思う。でも、デインには知る権利があるのだ。追いつめられたテスはデインを見あげて口を開いた。だが、声を出す前に、横を通りかかった男性がデインに気づいて満面に笑みを浮かべ、右手をさし出して近づいてきた。

「デイン・ラシター！　やっぱりきみか！」男はうれしそうな声をあげた。

デインがあいさつを返しているまに、テスは彼の横をすり抜け、キットのあとを追ってレストランを出た。運命だわ。危うく打ち明けるところだったと思うにつけ、胸がどきどきする。まだ話すべきではないのだ。産科医に診てもらうまでは。話すかどうかを決めるのは、どこが悪いかわかってからだ。

9

テスは約束の三〇分前には、ボズウィック医師の診療所に着いていた。きのうからほとんどなにものどを通らず、あまり寝ていない。レストランで痛みがきたときは、ほんとうに怖かった。でも、デインが手を握ってくれたら、いつもより早く痛みが引いた。不思議だ。まるで、おなかの子が父親の声を聞いて、生きなくてはいけないと思ったみたいだ。

だが、検査の結果はよくなかった。ボズウィック医師はカルテを広げ、眼鏡ごしにテスを見た。「産む意志はどのぐらいあるのかな?」だしぬけにきく。「きみは独身で、とくに裕福でもない。まず、そこのところをよく考えるように」

どうしてここで経済状態が問題になるのかわからないが、こたえは簡単だ。「どんなことがあっても産みます」テスはあっさりこたえた。

先生はやさしくほほえんだ。「それを聞けてよかった。それというのも、このさき少々たいへんなことになるし、無事な出産は保証できないのでね」医師がデスクに手を置いて身を乗り出す。テスは心配で表情が硬くなった。「じつは、きみの状態は少しふつうではないんだ。たいていは妊娠中期か後期に起こるんだが、胎盤が子宮頸管《けいかん》を一部、または全部おおっていてね。それが伸びて、ときには破れてしまう。その結果出血が頻繁に起きて、流産の危険も出てくるんだよ」

「そんな！」テスはうめいた。

「二〇〇人にひとりなんだがね。胎盤の位置の異常は、さっきやったような超音波でわかるんだ。ふつうは妊娠回数が多いときや、もっと遅い時期に起こるんだが、きみはまだ妊娠初期だから、たいへんめずらしいケースということになるな」

「どうすればいいんですか？」テスはとり乱した。「なにか気をつけることは？」

「まず、仕事を辞めて家にいることだ。胎児が大きくなるのを待って、胎盤が子宮頸管から自然に離れるかどうか、様子を見る。おそらく、出産するまではむりだろう。分娩《ぶんべん》もふつうにできるといいんだが、帝王切開が必要なこともある。妊娠中は歩くのがつらくなるだろうし、仕事に出るのも勧められない。それから、アスピリンは絶対に飲まないこと」

「わかりました」テスは自分でも顔がこわばるのがわかった。普通預金には少ししか残っていない。毎月いろいろ支払いはあるし、仕事が必要だ。でも、家にいないと、赤ちゃんは危ないという。

「さっきも言ったが、保証はできない。気をつけていても、だめなことがあるのでね。それと、だれかについていてもらうほうがいいな。こういう場合、あとで出血することがあってね。脅かしたくはないが、大量に出ることもあるよ。だから、もし少しでも出血したら、夜中でもいいから電話しなさい。止まるまでは絶対安静、あるいは入院だ。これで、産む意志を確かめた理由がわかったね？」

アパートに戻るとつぎからつぎへと涙があふれ出し、テスは鼻と目がまっ赤になるまで泣き続けた。

それからわずかにふくらんだ腹部に手をあて、涙ながらにほほえんだ。「いいわね、親子ふたりきりなのよ。わたしひとりじゃできないから、手伝ってちょうだい。わたしはあなたが欲しいの」テスはやさしく話しかけた。「あなたには想像もつかないほどね。だから、わたしのためにそこにとどまって、生きてちょうだい」

テスはソファの背に頭をのせて、あれこれ考えてみた。歩くのも、重いものを持つのもだめ。心身のいかなる過労もだめ。必要なのは静かな環境に、栄養のある食事とストレスのない生活。収入のない独身女性には難題だが、頑張ろう。

でも、デインに話すのだけは問題外だ。たとえ、自分の子供だと信じてくれたとしても、きっと援助を期待して打ち明けたと思われてしまう。

話すのはいつか、援助なしでもひとりでやっていけるようになってからにしよう。それならこちらも自立した状態で、彼に子供にかかわりたいかどうかを決めてもらえる。

翌日テスは辞職した。ショート所長は呆然《ぼうぜん》としていた。理由は出血性潰瘍《かいよう》で、医師から二カ月の静養を言い渡されたのでと説明した。もう、言い訳ではなく、嘘《うそ》だった。だが、同情した所長は、給料二週間分の退職金を出してくれた。急な辞職で人手をたりなくしてしまうのに、ありがたいことだった。

その後数日たって、新しい生活のサイクルもできた。まず、自宅でできる電話セールスのアルバイトを始め、わずかだが収入の道を得た。三カ月分の家賃を払うだけの貯《たくわ》えはあったので、妊娠期間の前半で追い出されないよう前払いもした。

安定した食事をとるのは難しかった。そこで、シチューやキャセロールを作り置きして食費をもたせ、毎日ビタミン剤を飲んだ。また、妊婦のための公共の福祉機関からは、胎児に必要な蛋白質《たんぱくしつ》摂取のための、ミルクやチーズの引き換え券をもらった。だが、いちばんの心配は、昼間のアパートにひとりきりでいることだった。近所の人たちはみんな働いているので、なにかあっても助けを求める相手がいないのだ。

テスは緊張と心配でやせていった。まだときおり出血もあり、そのたびにベッドで安静を余儀なくされた。失った血液の鉄分は錠剤で補った。だが、疲労感は一日じゅう抜けなかった。

キットはテスの食欲を呼び起こそうと、おいしそうなものを持って見舞いに来てくれた。テスは彼女に絶対秘密を誓わせ、デインの事務所の者とはだれとも話したくないので、電話にも出なくなった。

だが、こんなことで、彼女の突然の辞職にたいする不審をかわせると思ったなんて、甘かった。

二週間後の雨の朝、テスはしつこく鳴り続ける玄関のベルに、ベッドから起きあがった。つわりは依然としてひどかった。いまもバスルームで吐いてきたところだ。ストライプのパジャマを着て赤の分厚いバスローブにくるまり、髪は伸びてぼさぼさ。まったく見られたものではない。テスはうるさいベルにいらいらして玄関のドアを開けた。デインだった。彼はテスよりもびっくりしているようだ。

「こいつはひどい！」デインはテスを見て息をのんだ。

「まあ、どうも。あなたもすてきよ」テスは力ない声でぶつぶつ言った。「勝手に入って。ベッドに戻らないと倒れそうなの」

「待って、連れていってやる」

デインはドアを閉めると、あらがうすきも与えずに、テスをすっと腕に抱きあげた。そのままベッドをめざす。ひさびさに腰が痛んだが、それも気にならない。

デインは上掛けをかけてやると、テスの横に腰をおろして黒い瞳を心配そうに陰らせた。

「仕事を辞めたそうだな。ちゃんと治療は受けているのか？」

「治療？」テスはぼんやりききき返した。熱い涙が浮かんできて、顔がゆがむ。「治療なんてないの。先生はもう、できるだけのことをしてくれたわ」

デインは顔をしかめた。「出血性潰瘍なんだろ?」

「違うの」テスはぼんやりとこたえ、目をつぶった。

「じゃあ、なんの病気なんだ?」デインは心配を隠せない様子だった。彼の顔が青くなる。

テスはデインの考えていることに思いあたった。

「まあ」彼は思い違いをしているのだ。「いやだ。癌《がん》なんかじゃないわ。そんなのじゃないの。ほんとうよ。不治の病ではないわ」

デインは重いため息をつくと、ごそごそとポケットからタバコを取り出し、うなるように言った。「よかった。脅かさないでくれよ。だが、癌でも出血性潰瘍でもないのに、手のつくしようがないとはどういうことだ?」

テスはためらった。もうデインに話してしまいたかった。テスはひとりで不安だった。デインに寄りかかって面倒を見てもらい、守ってほしかった。彼に子供のことを知ってほしかった。でも、流産の危険があるのに、打ち明けてもいいのだろうか?

デインには、テスの瞳に浮かぶ苦悩の原因がわからなかった。つやを失ったテスの髪に手を触れる。「ひどい顔をしているじゃないか」デインはまじまじと見た。「テス、どこが悪いか話してくれないか?」

テスは下唇をかんだ。「話す前に、これだけは聞いて。わたしはあなたになんの約束も求めない。なにかねだっているように聞こえるかもしれないけど、そうじゃないの」

デインは難しい顔になった。「話してくれ」

テスは大きくひとつ息を吸い込み、おそるおそるデインの目を見た。「わたし……妊娠したの」

デインはタバコを吸おうとあげた手を、口の手前で止め、まるでシャベルで頭に一撃を食らったように呆然とテスを見つめた。

ゆっくりと手をおろし、ベッドの横に置いてある水の入ったグラスに、うわの空でタバコを落とす。「なにをしただって？」デインは声が出てこなかった。

「赤ちゃんが生まれるの」

デインの表情にテスは不安になった。なんだか気分が悪そうだ。石のように怖い顔をして、目だけが異様に光っている。その視線がゆっくり、ゆっくり、テスの体をさがっていった。デインは上掛けをつかんでめくり、厚地の赤いローブのひもをほどいた。前を開き、テスがあらがうまもなく、パジャマのズボンのスナップをはずす。彼はズボンをさげて、ふっくらとふくらんだテスの柔らかい腹部をあらわにすると、食い入るようにじっと見つめた。

デインのやせた温かい両の手が、テスの腹部に触れる。かすれた息を押し殺してそうする様は、どこか敬虔《けいけん》な感じがした。デインはふたたびテスの目を見ると、わきあがる怒りに頬を上気させた。

「おれは子供が作れないとあきらめていた。それを知りながら、どうして言わなかった？」


テスはためらった。「ごめんなさい」デインの反応に動揺するあまり、説明もできない。

「ごめんなさいですむと……」デインはテスがふつうの体でないのを思い出し、ことばを切った。「予定日はいつだ？」彼はテスをにらみつけた。「あと、何カ月だ？」


テスはデインの怒りでおかしくなった目をおそるおそる見た。「五カ月」あのことを言うべきか言わないでおくべきか、心がふたつに引き裂かれる。デインは興奮して、子供ができた喜びを隠せないようだ。それをぶち壊すようなことなど、とても言えない。でも、なにか理由をつけて、家で安静にしなければならないことを言わなくては。テスは唇をかみ、息を殺した。「デイン……じつは、出産までうちでおとなしくしてなきゃいけないの。働いちゃいけないの」

「なぜ？」デインがすげない口調できく。


テスは一瞬ためらった。「つわりがひどいの」

「そうか」あきらかにほっとしたらしく、デインは息をついた。そして、ベッドから立ちあがるとむこうを向き、せわしなく首のうしろに手をやって、なにを見るともなく壁を見つめた。

「責任を感じなくていいのよ」テスは力なく言った。

「ばかなことを言うな。おれの子供だぞ」デインは振り向いてテスを見おろした。ようやくすばらしい実感がわいてきて、彼の表情が少しずつ変わっていく。「おれの子供」デインはゆっくりくりくり返し、テスの腹部をじっと見た。そして、わずかに顔をほころばした。

だが、テスの顔を見る目つきは鋭かった。「それを、きみは教えてくれなかった！」

テスはその厳しい口調にすくんだ。だが、勇気を出して顔をあげ、冷ややかに言い返す。

「だって、深刻なつき合いをいやがっていたからよ。あなたはわたしを追い出したがった。妊娠したって言ったら、結婚に追いつめたと思われるのがおちだわ」

デインの良心がうずいた。テスはデインのほんとうの気持ちを知らない。だが、彼女が無関心な顔をするので、彼はここで本心を見せる自信がなかった。

だから、自分のからに閉じこもった。いまは子供のことが先決だ。自分とテスのことは、あとで考えよう。ものごとには順序があるのだ。「だが、状況が変わった」デインは静かに言った。

「つまり、わたしは欲しくないけど、子供はべつってことね」

テスの表情に、デインはかっとなった。「きまってるだろ」嘲笑《ちょうしょう》を浮かべて吐き出す。

テスは泣きたい思いでデインを見たが、その冷たいひとことにひどく傷ついたことは押し隠した。

「おれに言うつもりはあったのか?」

「ええ。いつかは」

「ほう、いつだい?」デインはテスを非難のまなざしで見た。「小学校に入ってからか?」

子供ができないとあきらめていた男に妊娠を隠すなんて、とんでもないことだが、そのうち許せるかもしれない。「きみを牧場に連れていこう」デインは考えながら口に出した。

「ベリルが一緒にいてくれる」

「だめよ……」テスはつぶやいて目をそらした。

デインは眉をひそめた。そうか、ベリルは頭が古いと言ったことがあるな。結婚しないで妊娠したテスは行きづらいはずだ。

デインは内心、やったと思った。これで本心を隠したまま、テスと結婚できる。彼女には、子供のために結婚するのだと思わせておこう。

「なにか手を考えよう」デインは頭をめまぐるしく働かせ、袖口《そでぐち》をあげて時計を見た。

「ちょっと出かけてくる」

「デイン、まだ話が……」テスが口を開く。

「話はあとだ」

デインはひとり納得したような顔でテスを見たが、それ以上はなにも言わなかった。彼が出ていってしまうと、テスは横になり、彼の振舞いに不安と寂しさを感じていた。欲しいのは子供だけと、デインは認めた。テスがいなくて寂しいから戻ってきたと言ってもらえるかと思ったが、そんなのはしょせん夢だった。

さっきデインが現れたとき、テスはひどく衝撃を受けたものだが、三時間後に彼が戻ってきたときは、もうあっけにとられていた。見たこともない男性をアパートに連れてくると、彼女に紙とペンを渡して、どこにどうやってサインするか告げたのだ。テスが文面を読むまもなくサインすると、デインはその紙をテーブルに置き、テスの手を取って横に座った。

「さあ、どうぞ」デインはその男性に言った。

男は小さな本を取り出してにっこり笑うと、結婚の誓約を読みはじめた。テスはショックのあまり、呼ばれてもろくな返事ができなかった。そして、いつのまにか、デインの手でシンプルなゴールドのリング、それも二サイズ大きいのを指にはめられ、結婚させられてしまった。

「デイン！」テスは反抗した。

デインは立ちあがってその男性と握手すると例の紙にサインをもらい、折った札束を渡して何度も礼をくり返しながら、玄関まで送った。

男が帰ると、デインはベッドに戻ってテスを見おろした。これでテスはおれの妻だ。テスは……テスと子供は、おれのものだ。おれの子供。デインはわきあがる誇りに、胸がいっぱいになった。

テスはぼうっとして指輪を見つめ、黒い瞳を輝かせたデインの奇妙な表情とこの指輪の関係を考えた。「結婚するには……最低、三日はかかるはず……」テスは口ごもった。

「判事に銃を突きつけりゃ、一日でできるさ」デインが楽しげに言う。「心配するな。なにも違法なことはしてないから」それから、眉をひそめてみせた。「だが、誘拐の罪があったな……」

「誘拐ってなんのこと？」

「いまのは検認裁判所の判事なんだが、結婚式をさせられることは知らなかったんだ。裁判所でつかまえて、そのまま連れてきたから」

テスは笑った。そして泣いた。こんなとっぴょうしもないことをするなんて、いかにもデインらしい。

よほど子供が欲しいんだわ。テスは悲しくなり、デインの赤と黒のストライプのネクタイに目を落とした。もし流産したら、彼はどうするだろう？　理由もなく結婚を解消するのだろうか？　ほんとうのことを言っていないから修羅場になるだろう。でも、言えるわけがない。

「くよくよするな。きみの面倒はおれが見るよ、ミス・メリウェザー」デインはためらった。そして「ミセス・ラシター」と言いなおす。ジェーンがこう呼ばれたときとは違う、新しい響きがする。「ミセス・テリーサ・ラシター」デインはつぶやいた。

テスは目をあげてデインを見た。「この子が欲しくて、しかたがないのね」

デインの顔がこわばった。「きみも知ってのとおりだ。子供をあきらめてたおれがどう思うか、わからなかったのか？　それとも、そんなことは気にもならなかったか？」

テスはみじめになって体を硬くした。「いいえ、気にしたわ……」テスは声をつまらせ、もじもじした。「ただ、罠《わな》にかかったような気分にさせたくなかったし、結婚に追いつめたくなかったの」明かしても安全と思える唯一の理由だった。「再婚したくないのはわかっていたから。何度も何度も、そう聞かされたもの」

デインはなにも言わず、テスをまじまじと見た。たしかに、テスと長く甘い愛をかわすまではそうだった。だが、あれ以来、テスはデインの世界そのものだった。赤ん坊は思いがけなく授かったすてきな贈り物だが、ほんとうに欲しいのはテスだ。ただ、子供のいない結婚生活で、テスを悲しませたくなかっただけなのだ。妊娠したいというジェーンの病的なまでの願望に、デインの心は深く傷ついていた。それがテスにたいする態度にも影響してしまったのだろう。いまはテスさえいればよかった。もちろん、子供も欲しい。だが、テスは妊娠したことを隠すつもりだったばかりか、いまも薄っぺらな言い訳で、本心を隠しているような気がする。おれを憎んでいるのか？　だからなのか？　おれがひどい仕打ちをしたために、一度は感じていた想《おも》いも失《う》せてしまったのか？　デインは自信のなさを怒りでまぎらした。

「再婚したいかしたくないかなんて、もう考えても意味がないだろう？」思ったよりもきつい口調になってしまった。「さあ、大丈夫そうなら着替えてくれ。荷物をまとめて、牧場へ行こう。つわりというのは、かなり体力を消耗するようだな」

「まあ、かなりね」テスははぐらかすように言った。「まず、お風呂に入りたいんだけど」

力ない声だ。

「大丈夫か？」

テスはうなずいた。「起きたときがいちばん吐き気がひどいの。もう大丈夫よ」

「どこにある、なにを持っていくか、教えてくれ。あとはこっちでやる。ここにいるから、おれの手が必要だったら呼んでくれ」

たしかにテスは、驚くほどすんなりすべてを肩がわりしてくれたデインを必要としていた。なにからなにまで決めてもらって、世話を焼かれるのは、いいものだった。

一時間後、風呂と着替えをすませたテスは、デインに連れられて黒のベンツに乗り込んだ。ベリルになんと言われるか、テスはブラントビルへ行くまで心配でならなかった。デインは仕事やヘレンたちのことを話していたが、テスの耳にはほとんど入らなかった。心配で聞くどころではなかったのだ。

だが、なにも心配することはなかった。ベリルは母親のように車まで迎えに出てきた。

「たいへんだったねえ」テスの側のドアを開けて、やさしく声をかける。「でも、もう心配はないよ。大丈夫だからね。デインがいないときは、あたしがついててやるよ。大船に乗った気でおいで」

さんざん心配したあとに聞かされる、ベリルのやさしいことばはたまらなかった。テスはベリルの胸に泣きくずれ、さめざめと泣いた。

「さあ、いつまで泣いててもしかたがない」やがてデインが言った。彼はテスをベリルから離すと抱きあげた。「なかまで抱いていってやるよ。体を休めなきゃ。きょうはいろいろあったからな」

「おいしいチキンスープを作ったから、温めようね」ベリルが言った。「きっと好きになるよ。おなかの赤ちゃんにもいいんだからね」ベリルは目を輝かせ、ふたりのさきに立って入っていった。

「話したの？」テスはデインにきいた。

「ああ」デインはテスの瞳を見つめた。「あとのことは任せて。きみは体を休めることだけ考えればいいんだ」

テスはうなずいた。でも、人生がこんなに簡単にいくはずがない。これから、近くて遠い仲の最愛の男性のそばで、つねに流産の危険にさらされている赤ん坊を、おなかに抱えて暮らすのだ。なんだか急に、すべてがたいへんに思えてきた。わたしはこのまま静かに正気を失っていくのだろうか?

10

デインはその日の夕食を、テスと一緒に寝室でとることにした。ベリルはテスをパジャマに着替えさせると、大きな骨董品《こっとうひん》の四柱式ベッドに入れ、重いつわりを気の毒がった。ベリルとデインにすべてをつわりのせいと思わせているテスは、気がとがめた。だが、事実を知らせるのはもっとつらい。

この寝室は前回泊まったときとは違う部屋で、前のとは場所も離れていた。どうしてここに入れられたのだろう。デインの部屋から近いのだろうか？

「ちゃんと食べろ」デインがスプーンをもてあそんでいるだけのテスに命令した。

「ごめんなさい。ここ、だれの部屋かと思って」

「おれのだ」デインは静かにこたえ、はっとするテスを見つめた。「一緒の部屋を使うんだ」

テスは大きく目を見開いて彼をじっと見た。性交渉は医師から止められている。理由を言わずにどうやって話せばいいの？「デイン……」テスは熱くておいしいチキンスープをひと口飲んでから、心配そうに口を開いた。

「人によっては妊娠中のセックスが不快なのはわかってる」デインが意外なことを言いだす。「夜、そばにいたいだけだ。なにか必要なときのためにね」

きっぱりセックスはなしと言われてほっとしたのも事実だが、テスはデインの思いやりに胸が熱くなった。「ありがとう」

デインはテスのほっとした表情がいやだった。まるでテスに拒絶された気がするが、彼は表面をとりつくろった。「名前はもうなにか考えたかい？　男の子と、かわいい女の子と、どっちが望みだ？」

テスは怖くてまだなにも望んでいなかったが、デインはそれを知らない。「名前はまだなにも。それに、男の子でも女の子でも、どっちでもいいわ」

「おれもかまわない、元気な赤ん坊が生まれてくれれば、それで充分だ」

食事をしたのはかなり遅い時間だった。デインはそのあとで牧場の監督と打ち合わせをしてから、寝室に戻って服を脱ぎはじめた。

テスは見まいとしたが、できなかった。デインはこれまでに見たなかで、最も堂々とした男性だ。背中や肩のひどい傷跡を眺めていると、やがて彼がこちらを向き、こんどはがっしりとした胸や腕に目がいった。そして、見とれているうちに、デインはいつのまにか裸になっていた。テスは自分の視線に気づき、まっ赤になった。

デインはふっと笑い、明かりを消した。そして、テスの横に入ってきた。

テスはほんのり暖かい電気毛布をかけてまっ暗な天井を見つめ、デインにうるさがられまいとじっとした。彼と寝るのは、前にも経験がある。あのときは新しい体験に興奮して、そのあとは疲れはててぐっすり眠ることができた。なのに今夜は、暗闇《くらやみ》のなかでだれかが横にいるのが気になった。それどころか、デインの嫌悪感や不快感まで感じられる。

そのとき突然、デインの手が伸びてきてテスの腹部に触れ、テスははっとした。

「落ち着けよ。どんな感じがするのかと思っただけさ。もう動くのか?」

テスは息をのんだ。デインの手の感触には慰められると同時に、動揺させられる。「まだ、少しぴくぴくするだけよ」テスはなんとか返事した。「もうすぐ、おなかをけるようになると思うわ」

テスは息を殺し、デインが抱き寄せてくれないかと期待した。だが、デインは手をどけると、むこうを向いてしまった。まるでこれからの生活を暗示しているみたいに。テスは不安になった。

一方のデインはわきあがる感情を押し殺していた。テスを妊娠させたなんて、まるで魔術師にでもなった気分だ。この子ほど望んだものは、かつてない。もちろん、テスはべつだ。だが、その想《おも》いを認める勇気がまだなかった。デインは深く傷ついていた。テスが愛してくれたとき、彼女なら信頼できると思った。だがテスは、デインが父親になったというひとつの奇跡を隠した。もし、こちらから探しに行かなかったら、ずっと隠しとおしただろう。考えるだけでもぞっとする。

デインはため息をつくと、眠りについた。


その夜から、ふたりのあいだはますます広がった。テスは口数が減り、デインの前では引っ込み思案になった。自分のほうから決してデインに触れず、数カ月前のように彼をからかったり、一緒に遊んだり、愛のまなざしを向けることもなかった。赤ん坊がおなかをけるようになり、テスはそのことをデインとわかち合いたかったが、すでにそういう親密な会話ができないほど引きこもっていた。このごろでは、デインのほうも手を触れてこない。ときおり将来のことを話しても、きまって子供の話で、自分たちのことは話題にしなかった。

テスはよく暖かい午後など、ベリルを手伝って花壇をいじったが、デインはまもなくテスがまったく体を動かさないのに気がついた。少しでも労力がいることには手を出さないのだ。運動をしたほうがお産が軽い、と聞いていたデインは心配した。

「運動がたりないよ」ある晩、仕事から戻ったデインが言った。「一日じゅう座ってばかりじゃないか。散歩を始めるんだ。文句は言わせない」テスが口を開こうとすると、きっぱり言った。「動かないと胎児によくないんだ。今夜はこれから張り込みだから、あした戻ったら、一緒に牧場を散歩しよう」

そんなことをしたら、また出血だ。

デインと一緒になってから、テスは調子がよかった。痛みは止まり、出血もなくなった。ここまできて、ようやく楽観的になることができた。だが、デインの言うとおりにしたら子供が危ない。テスはひと晩じゅう、ほんとうのことを打ち明けるべきかどうか、打ち明けるとしたらどう言うか、思い悩んだ。

さいわい張り込みはその後数日間続き、テスは嘘《うそ》をつくことを思いついた。ベリルが毎日一時間ほど近所の老婦人の様子を見に行くので、そのあいだに欠かさず散歩していると言ったのだ。

デインはとたんに、避けられていると感じた。

「おれが一緒じゃ、そんなにいやか?」デインはかすかに笑みを浮かべ、冷ややかにきいた。「おれが近寄るのも耐えられないから、留守のあいだに散歩するというわけか?」

「違うわ!」

「いや、気にすることはないさ。おれが心配なのは赤ん坊だ。きみじゃない」

デインは怒りにまかせて吐いたが、テスはそれが傷ついたゆえの暴言とは知らず、彼の怒りと、彼女など問題ではないという冷たいことばにひるんだ。最初からわかってはいたが、身を切られるようだ。

テスはつんと顔をあげて横を向いた。「赤ちゃんによくないようなことは、絶対にしないわ」

「ああ、そうしてもらおう。ミセス・ラシター」デインは毒のある声でつけ加えた。

テスは静かな非難のまなざしでデインを見た。「わたしが妊娠しなかったら、結婚する気なんかなかったんでしょう」

「いまごろわかったのか?」デインはにこりともせずに言った。「赤ん坊ができた晩、きみはおれを誘惑した。おれが屈したのは、きみが欲しかったからだ。あれはたんなる欲望だ。わかるか? 欲望にすぎなかったんだ。それ以上の意味はないさ」

テスのなかの灯火《ともしび》が消えた。「よくわかったわ」

テスは前が見えないほどの涙を浮かべて、部屋を出た。これ以上ないほど、はっきり言われてしまった……。

デインは抑えがたい怒りに、こぶしでドレッサーをたたいた。あんなことばで、ふたりでわかち合ったすばらしい愛をけなすつもりはなかったのに。だが、テスに押しやられて、引きさがってしまった。デインはかつてないほど、心が痛んだ。

数週間がたち、数カ月がたった。デインとテスはまるで礼儀正しい他人同士のようだった。デインは、帰りが遅くてテスの睡眠を妨げるといけないからと、だいぶ前に彼女をほかの寝室に移した。嘘だった。黙りこくって沈み込んだテスの様子に、デインのほうがいたたまれなかったのだ。テスはまるで傷ついたのを必死で隠しているような、はかりがたい目でデインを見る。そんなテスを見るたびに、デインはなぜか気がとがめるのだ。そばにいながら、テスに触れることも抱くこともできないのは苦しかった。彼女がよそを見ているときは、まるで片思いの少年のように見つめてしまう。デインはテスのことばかり考えて、仕事にも身が入らなかった。

テスのおなかはいっそう大きくなり、顔色はますます悪くなっていった。ある日、テスは産科から戻ると、ベッドに入ったきり出てこなかった。

「大丈夫か?」その夜、デインは心配して尋ねた。

「もちろん」テスは恐怖を押し隠し、平気を装った。ボズウィック医師は、テスのひどい出血を心配していた。なにか言われたわけではないが、医師の顔を見ればわかる。テスは怖くてデインにすがりたかったが、打ち明けるにはもう遅すぎた。「疲れただけよ。体が重くて」テスは無気力に言いたした。

「前にも言っただろう?」デインが静かに言う。「家でごろごろしているのはよくないんだ。きみは運動不足だ。産科でも注意されているはずだよ」

テスはうろたえた。秋になって、散歩にはいい季節だけど、冗談ではない！　デインは、テスが彼と一緒に自然分娩《ぶんべん》の講習会に出るのをいやがったことを、いまだによく思っていない。だが、テスは講習会のある病院までの往復が怖かった。

最近テスはよく産科へ行ったが、さいわいデインには理由を知られなかった。彼はテスの気持ちに冷たく無関心だったが、それでもテスは秘密を隠しとおした。デインを恐怖から守りたかったのだ。この子は彼にとって大切な子供だ。テスはデインに息子を産んであげたかった。すでにボズウィック医師からは、男の子だと聞かされている。

八カ月の大きなおなかをしたテスは、枕《まくら》を背中にあてて寄りかかり、デインを見あげた。

「散歩はあしたするわ。このごろは歩くのがつらいの。こんなにふくらんだのははじめてですもの」

デインはテスのやつれた青白い顔を疑わしそうに見た。テスを見るだけで、また気がとがめてくる。「おれがいるときに散歩しないのは、どうしてだ？　するのはきまって、家にだれもいないときだ」

テスは顔を赤くして、目をそらした。

「体が重くてたいへんなのはわかるよ。だが、テス、怠けるのはだめだ」デインは静かな口調で言った。「これはきみのためだ。あしたは散歩するんだ。ちゃんと見張ってるからな」

「だめ」もう、ごまかすのはうんざりだった。「散歩はできないの」テスは大きく息を吸い込んだ。「デイン、まだ話してないことがあるの。あなたに知っておいてもらわなくては……ああ！」ふいによじれるような痛みが襲い、テスはうめいてベッドの上に起きあがった。悲鳴があがる。

「赤ん坊か？」デインが鋭く叫んだ。「テス、赤ん坊なのか？」

「ええ！」激しい痛みをともなう突然の収縮に、テスはすすり泣いた。そのうちこんどは、生温かいものが体の下に流れ出し、テスは恐怖にまっ青になった。「救急車を呼んで！ボズウィック先生に電話して！」

「一時的な陣痛かもしれない。まだ一カ月も早い。うちの車で行こう」デインはすげなく言い、上掛けをはいだ。

彼は凍りついた。その顔からは血の気も生気も失《う》せた。黒い瞳だけがダイヤのかけらのようにきらめく。「なんてことだ！」デインは怒鳴った。

「ねえ、救急車！」テスが叫ぶ。

デインは反射的に、ベッドの横の電話に飛びついた。彼が救急センターと話しているあいだに、ベリルが部屋に飛び込んできて、テスの状態を見ると走ってタオルを取りに行った。

救急車が一台ちょうどこの地域にいるので、五分前後で来てもらえそうだとわかると、デインはボズウィック医師に電話をした。

「様子がおかしいんです。痛みがあって、ひどい出血があります」事務的な口調だったが、声はうわずっていた。「救急車はもう呼びました」

「胎盤が離れたな」きびきびした声が返ってきた。「きょう診察したときに、いつこうなるかもしれないと注意したばかりでしてね。産み月が近いから大丈夫かもしれないが、母子ともにとても危険な状態です」医師のことばに、デインの心臓が凍りついた。「きょうはずっと安静にしてたでしょうね？」

受話器を持つデインの指が震える。「はい」

「よかった。ご主人も聞いていると思うが、奥さんはとても危険な状態なので、不必要な運動は厳禁でしてね。わたしは救急治療室で待ってます。輸血の用意もしておきましょう」ボズウィック医師はデインに、できるだけ出血を抑える方法を教えた。「救急隊員には、一刻を争うと言いなさい」

デインは電話を切ると、大声でベリルに指示をした。それから、苦悩に顔をゆがめてテスを見た。「ずっと前に異常が起きたんだね？　それがいままで続いていた。きみが家にいたのは、つわりのせいじゃなかったんだ」デインは声を絞り出した。

テスは激痛に叫ぶまいと、まっ白になるまで唇を固く結んでいた。「あなた……とっても……欲しがってたから」テスはあえいだ。「怖がらせたく……なくて。あなたの……せいじゃないわ！」

「それできみは危険を冒して、ずっとひとりで心配していた。なのに、おれはあんな仕打ちを……ああ、テス！」デインの声がかすれた。テスが鋭い痛みに背中をそらして叫ぶと、デインは震える指で彼女の頬をさすった。「救急車はまだか！」

救急車がブラントビル総合病院に着くと、テスはボズウィック医師のもとに運び込まれた。

「妻を優先してくれ」デインは青い顔をして医師に言った。「なにがあろうと、妻の命がさきだ。いいですね？」

「手はつくします」ボズウィックは請け合った。テスはすぐに手術室に運び込まれ、数分後、赤ん坊が生まれた。

テスが痛みと薬による眠気のあいだをさまよっていると、耳もとで声がした。

「男の子だ」デインのささやき声だ。「聞こえるかい？　おれたちに息子が生まれたんだ」

テスはなにを言われているのかよくわからなかった。「ジョン・リチャード」かろうじてささやく。

デインがめずらしく早く帰ってきた晩に、ふたりで話し合って決めた名前だった。デインはテスの唇にキスをした。「ダーリン、気分はどうだい？」

デインがわたしをダーリンと呼ぶわけがない。きっと幻覚だ。「痛いの」テスは力なくこたえた。

「べつに薬をくれるそうだ。もうすぐ看護師が注射を持ってくる。テス、かわいい子だよ」デインの声がうわずっている。「ほんとうにかわいいんだ」

テスは痛みに曇った目を開け、デインを見た。「愛してるの。なにがあっても……忘れないで」

デインの目がうるんでいる。テスにはっきりとは見えないが、しゃくりあげる声がした。「きみはよくなるんだ」デインは語気荒く言った。「先生がそう言ってた。そんなことを言うんじゃない！」

テスはまぶたが重かった。もう、くっつきそうだ。「あの子をお願い」テスは弱々しくつぶやいた。「あんなに欲しがってた……息子よ」

「おれはきみが欲しいんだ！」デインは身を乗り出し、テスの耳に口をつけた。「よく聞くんだ、あれは嘘だ。おれは嘘をついていたんだ。きみに子供を産ませてやれないと思ったから、結婚したくなかったんだ！　別れたのは自分のためじゃない、きみのためだったんだ。テス、おれの欲しいのはきみだ！　きみなんだ！　分娩のあとで先生からきみの容体を聞いたときは、頭がおかしくなるかと思った。テス、目を開けてくれ。目を開けるんだ！」

ほとんど必死の叫びだった。テスは力を振り絞ってもう一度目を開け、なんとか焦点を合わせようとした。デインはまっ青な顔をしていた。

「おれを置いてさきに逝くな！」デインは押し殺した声で言った。「許さないぞ！　元気になって、一緒に赤ん坊を育てるんだ。おまえが死んだら、おれも生きてないからな！　生きていけるものか！　いいか、おれはきみなしじゃだめなんだ！」

「欲しいのは……子供だけって……」テスが苦しそうに言う。

「だから、違うんだ」

痛みで、デインの言っていることがわからない。「そう。あなたの欲しいのは……」

デインは、テスがまったく理解していないことに気づいた。まにあわなくなる前に、言って聞かせなくては！　わからせなくては！「おれを見てくれ。テス、おれを見るんだ。おれを見ろ！」

テスはつばをのみ込み、なんとかデインの顔に目を向けた。

「おれはきみを愛している」デインはひとことひとことはっきりと、力を込めて言った。まっ黒な瞳が熱く燃えている。「愛しているんだ！」

やさしいのね。そう言おうとしたが、テスは突然、暗闇に包まれた。まぶたがくっつき、やがてデインの苦悩のうめきが遠のいていく。テスは眠った。

11

デインはその晩テスにつきっきりで、まんじりともしなかった。どうしてもその場を離れる気にはなれず、思いがけず授かった息子の様子を見に行くどころではなかった。

テスの意識が戻るころには、窓からさんさんと日がさし込み、病院もふたたびせわしなく機能していた。テスは体に力が入らず、まだ痛みが残っていた。

テスは目を開いてつぶやいた。「デイン……赤ちゃんは?」

ひどい顔。テスはデインを見て、ぼんやり思った。ひげもそっていないし、疲労のしわが濃い。

「赤ん坊の顔を見るかい?」デインが身を乗り出してやさしくきいた。「頼めば連れてきてくれるよ。すぐにでも」

テスは息をのんだ。「見たいわ」

デインはブザーを押して、看護師にジョンを連れてきてほしいと頼んだ。すると、すぐ連れていってあげますよ、と元気な声が返ってきた。それから二分もしないうちに、看護師が毛布にくるんだ小さな赤ん坊を抱いて入ってきた。

「お待ちどうさま、ミセス・ラシター」看護師は晴れやかに言った。「意識が戻って、ほんとうによかったわ。みんな、ちょっと心配してたんですよ。はい、ぼうやですよ」

看護師はテスの枕《まくら》もとに赤ん坊を寝かせると、毛布を開いて顔が見えるようにした。

テスは赤ん坊を見てからデインを見て、はっとした。「デインにそっくりだわ」テスはささやいた。「ああ、デイン、あなたにそっくり！」

デインは身を乗り出し、赤ん坊の頭をそっと撫《な》でた。「いや、目はきみに似ているよ。大きくてやさしい目だ」

看護師はにっこりした。「じゃあ、ミルクを持ってきますね。お母さんはまだ、とても体が弱ってますからね。だいぶ出血したし、母乳だけじゃたりないかもしれないわ」

看護師が出ていくと、テスは痛いのをこらえて枕を背に起きあがり、赤ん坊を腕に抱いた。「お願い、ちょっと手伝って」テスは小声で言い、ガウンの襟に手をかけた。

デインは結び目をほどいて、前を広げてやった。テスは赤ん坊を胸に抱き寄せ、その口にそっと乳首をあてがった。すると、赤ん坊は小さな手を乳房にあてて、ごくごくと飲みはじめた。

ちくちく刺されるような感触に、テスは一瞬息をのんだが、やがて笑いだした。デインを見あげると、彼は笑っていなかった。上気した硬い表情で、じっと母子を見つめている。

「知らなかった」デインがうわずった声で言った。「こういうふうだとは、思ってもみなかった」デインは赤ん坊から目が離せない様子で近寄った。手を伸ばして小さな頭をやさしく撫でてから、テスの目を見る。「痛くないかい？」

「いいえ。最初にちょっと変な感じがするだけよ。それより、わたしのおなかのほうがひどいわ」テスは顔をしかめた。「縫ったところが突っ張って痛いの」

「ジョン・リチャードの世話がすんだら、薬をくれるだろう」

「仕事、行かなかったの？」テスはいぶかった。

「目を離せなかったんだ」デインが静かに言う。「きみが脅かすようなことを言うからね」

「脅かすようなこと？」

デインは長いことためらってからこたえた。「まるで、あのまま逝ってしまうような口調だったんだ」デインは指でテスの唇に触れた。「もう、生きる気力がないのかと思って、怖かった」

「覚えていないわ」

「薬のせいだったのかもしれないが、確信がなくてね」デインは身をかがめて、テスにそっとキスをした。「きみはぼくのすべてだ」声がかすれる。「もう、手放せないよ」

自分の耳も心も信用できなかった。テスはにっこり笑っただけだった。

一週間後、テスとジョンは退院した。ヘレンとキットがやってきて赤ん坊をべた褒めすると、テスはすっかり甘くなって顔がゆるみっぱなしだった。

デインはふたたび仕事に戻ってがむしゃらに働いたが、いつもそばにいてくれた。だが、話しかけられそうになると、テスはきまって逃げ出した。そのため、彼はいらいらしている。でも、しかたがない。いまここで、デインの口から愛の告白など聞きたくなかったからだ。彼はテスの危険な状態に狼狽《ろうばい》し、分娩《ぶんべん》はまるで悪夢の体験だった。それがいま、息子が生まれて心は舞いあがり、テスの体も危険を脱したのでほっとしている。しあわせに酔っているのだ。だが、テスとしては本心からでない約束は欲しくなかった。自分たちのことを話すのは、こんどの出産騒ぎの熱が完全にさめて、冷静になってからにしてほしい。

とりあえず、テスは息子の世話にかかりきりになった。もとのように動きまわれるようになったのは、六週間後だった。テスは赤ん坊を溺愛《できあい》し、うっとり見つめ、かわいがり、時間があれば一緒に過ごした。赤ん坊はテスの命だった。

子供はデインのものでもあるのだが、テスは全身全霊を赤ん坊に向け、デインにはなんの注意も払わなかった。デインはやがて拒絶されたような孤独感を味わい、だんだん気分にむらが出てきて怒りっぽくなった。もちろん息子のことは愛しているが、デインもテスを必要としているのだということが、彼女にはわからないらしい。テスは子供とふたりだけの、自分の世界に完全に閉じこもっていた。

ある日曜日の午後、テスがジョンに授乳していると、デインが廊下をやってきた。片手に手袋を握り締め、歩くたびに革ズボンががっしりした脚にはためく音がした。頭にはくたびれたグレーのステットソン帽を斜めに目深にかぶっている。きょうは仕事がないので、牧場に出ていたのだ。険悪な顔をして、かなりかっかしているようだった。

テスが夫婦の寝室のロッキングチェアに座って赤ん坊に母乳をやっているのを見ると、デインはためらい、戸口で立ち止まった。

「話がある」彼はぼそっと言った。

「もうすぐ終わるわ」テスがこたえた。

ベッドの端に腰をおろして、自分たちの子供が母乳を飲むのを見ていたら、デインのつりあがった目も和らいできた。デインは誇らしくなって、怒っていた顔をほころばした。

「テス、母乳はいつまで続けるつもりなんだ?」

テスははっとした。顔をあげ、前にたれたブロンドの髪をかきあげる。グリーンのギンガムチェックのワンピースを着たテスは、ひどく若く、ひどく傷つきやすそうに見えた。

「そんなこと、考えたこともないわ。どうして?」

デインはためらった。「母乳を続けているうちはジョンにかかりきりだからさ。離れていられるのは、一度にせいぜい二時間が限度だ」

テスは青くなった。恐怖に目を大きく見開く。「わたしに出ていってほしいの?」テスはかすれた声で言った。「だから、母乳をやめさせて、あとは家政婦を雇って任せようってこと？」

デインは息が止まった。「まさか、冗談じゃない！」

テスは恐怖と安堵《あんど》のはざまで、大きく体を震わせた。

デインは一度目をつぶってから、ふたたび開いた。立って窓ぎわへ行き、てのひらに手袋を打ちつけながら、いらいらと秋の景色に目をやる。

「おれが子供だけ欲しがっていると思われても、しかたがないのかもしれないな。だが、いくらなんでも、きみから子供を取りあげるようなひどいことはしないぞ」

「ええ、そうね」テスは少しはにかんで言った。赤ん坊は母乳を飲みおわって、目がとろんとしてきた。テスはジョンにげっぷをさせると壁ぎわのベビーベッドに連れていき、そっと横向きに寝かせて薄手の毛布をかけた。それから忍び足で寝室を出ていき、デインがついてくるにまかせる。

「こんどは逃げるなよ」デインはテスをにらみつけて、鋭く言った。「うちに戻ってから、おれを避けっぱなしじゃないか」

「ポーチに出て座ろうと思っただけよ」テスがはぐらかす。

「そとは寒いぞ」

「寒くないわ。ベリルにジョンを見ててもらうわ」

デインは折れた。「わかった」テスがベリルに、ジョンの様子に気をつけているよう頼んでくると、デインは彼女のあとについて裏のポーチに出て、日差しにぬくもったコンクリートの階段に腰をおろした。ここからは納屋やほかの建物が見渡せる。

デインがタバコに火をつけ、テスは遠くの牧草地に目をやった。

「テス、ずっときみに謝りたかったんだ。赤ん坊が生まれる前、きみにはひどく残酷なことを言ってしまった。それがとても心にひっかかっているんだ」

「だって、あなたはわたしに悪いところがあるのを知らなかったんですもの」テスはさらりと言った。「できたら知らせずにすませたかったの。あなたは自分に子供ができるとは思っていなかったから、あの子が生まれると知って、とても興奮していたわ」テスは力なくほほえんだ。「その興奮に水をさしたくなかったのよ」

デインは目を閉じて低くうなった。「だが、それできみはどうなった？　ひとりで死ぬほど心配して、おれからは冷たくされるわ、怠けてると責められるわ。怠けてるなんて言ったんだぞ！」デインは帽子をつかんで横に投げると、落ち着きなく片手で髪をかきあげた。「きみにした仕打ちを思い出すのもつらいよ。おれがきみに与えたものといえば、心の痛みだけだ」

テスは穏やかな愛に満ちたまなざしで、静かにデインの横顔を眺めた。「そうでもないわ。あなたはわたしにジョンを与えてくれたもの」

デインは横にいるテスを見て、ゆっくりと言った。「避妊なんて考えもしなかった。おれには避妊の必要などないと思っていたからな。だが、もし、こんなことになるとわかっていたら……」

「でも、あなたは知らなかった。わたしもよ。でもね、たとえ知っていたとしても、わたしはこの道を選んだわ、デイン」テスは静かに言いきった。「もう一度同じことをくり返すわ」

デインはテスの瞳をゆっくり探り見た。「おれが欲しかったのは、子供だけじゃなかった。きみだったんだ。きみが欲しかった。必要だった。だから……子供がいなくても、きみと結婚していたと思う。きみが出ていったとたんに、おれの世界は粉々になってしまったからね。きみを遠ざけたのは、生涯最大の過ちだった」そう言うデインの表情は無防備で愛にあふれ、見ていたテスは思わず息をのんだ。「あの晩まで、おれは愛というものを知らなかった。だから、だれかを愛するのが怖かったし、やっぱり愛は長続きしないのかもしれないと思えてきて、恐ろしかった。だが、続いたよ。これからも続くだろう。ああ、テス」デインはささやいた。「おれは死ぬまできみを愛している」

「あなたはジョンが自慢なだけよ」テスはうつむき、小声で言った。「わたしがたいへんな思いをしたから、責任を感じているだけなの。だから、そういうことを言ってくれなくても……」

デインは親指と人さし指でテスのあごをすくいあげ、彼のほうに向かせた。「愛しているんだ。いったい何通りの方法で、何度くり返せば、おれが本気だと信じてくれるんだ？」

テスはひるんだ。それから、用心するような目になった。「それは愛じゃなくて、もっとほかのもろもろのことかもしれないわ」

「かもしれない。だが、そうではない。きみだってわかっているはずだ、この臆病者《おくびょうもの》」デインはにやっとするとかがみ込んで、テスの唇をやさしく奪った。「証明したほうが早いかもしれないいな」

デインがやさしいキスでからかうように愛撫《あいぶ》すると、テスもやがて体の力を抜き、暖かい午後の静寂のなかで彼のキスにこたえた。テスの両腕がデインの体にからみつき、あらがうのをやめたその体が静かに震えると、デインは低くうなった。テスの開いた口をむさぼり、舌でからかいながら、奥深くまで探る。テスはかすれた声でうめき、もっと彼に近づこうと体を押しつけてきた。

デインのやせた手がテスの背筋の下のほうをきつくつかみ、熱く興奮しきった体に荒々しく引き寄せる。

「きみが欲しい」デインは押し殺した声で言った。「体は大丈夫か？」

「ええ……ええ」デインの体に触れてすでに激しくうずいているテスは、ぼんやりささやき返した。

デインはさらにテスを抱き寄せ、ゆっくりと愛を込めて、快感を誘うようにキスをくり返した。「テス」彼女の口もとにささやいて、身を震わせる。「テス、愛しているんだ！」

そのとき急に裏口のドアが開き、ふたりはぱっと離れた。ベリルがセーターをひっかけて出てきた。「ジョンはすやすや寝ているよ。あたしはちょっと、ミセス・ジュエルのところへ行ってきてもいいかねえ？　一時間かそこらで帰ってくるけど……」

テスはうれしくて、思わずベリルに抱きつきたいほどだった。きっと、デインとテスが、寝ている赤ん坊つきでもかまわないから、ふたりきりになりたがっているのを察したのだろう。「ええ、いいわよ。行ってらっしゃい」テスは抑えた声で言った。

「ありがとう。ミセス・ジュエルは午後にあたしが行くのを楽しみにしてるんでね」ベリルはテスを安心させた。そして、ひとりにやにやして出かけた。

ベリルの車が私道から見えなくなると、デインはテスをせきたてて二階の寝室へ向かい、ドアに鍵《かぎ》をかけた。

それからすばやくテスを抱きあげてベッドに行き、一緒にゆっくり倒れ込む。「赤ん坊が寝てるから、声をあげるなよ」デインはテスの唇にささやいた。「ベリル様々だ……」

「ドアは……」テスは息をつまらせた。

「鍵をかけた。ああ、テス、長かった！」

痛いほどの飢えに駆られてキスを続けるうちに、身を焦がすような熱い思いが抑えきれなくなる。デインは悩ましげな笑顔で、がっしりした体からすべての衣類を脱ぎ去った。そして、ふたたび横になると、やさしいキスとキスのあいまに、テスのワンピースと下着を取っていった。

デインの思いやりにあふれる愛撫は、テスの想像を絶した。ていねいに時間をかけて、息がつまるほどやさしくする。デインは欲望をかき立てる愛撫やキスのあいまに、きみを愛している、きみが必要だ、きみがなによりも大事だと、何度もくり返した。デインのアパートでわけ合った魔法が、いっそう強まってそこにあった。デインが触れるとテスはすっかり彼に身を任せ、彼が欲しくてたまらなくなった。

テスがしがみつくと、デインは上にのってきたが、やがてためらった。

「待って」デインは枕の下に突っ込んであったものを取り出して、それをつけた。テスは恥ずかしそうにデインを見ていた。「つぎの子供はしばらく待とう」デインは低い声でテスにささやきかけた。「もう、あんな目にはあわせないよ」

「わたしは大丈夫」テスは震える声でこたえた。「あれはとてもまれなことだったの。もう、二度と起きないかもしれないわ」

「その話はまたあとだ。きみはまだ弱っていて、傷つきやすい状態だからね。おれがしっかり面倒を見てやるよ、ミセス・ラシター」デインはテスの唇につぶやいた。「愛するきみを失うような思いは、二度とごめんだ」デインはテスの体をそっと押さえて上になった。そして、絶妙なほどゆっくり、やさしく、テスのなかに入っていった。

テスがつらそうなので、動きを止めて彼女が慣れるのを待つ。

やがて、ふたりが完全にひとつになると、テスは体を浮かせて彼にしがみついた。「ああ、デイン。一年ぶりよ……」

「そうだな」デインも低くうなり、それから、せかされて抑えきれないように動きはじめた。

テスは快感をつのらせながらも笑い声をあげ、激しくデインにキスをした。だが、デインに腰をつかまれると、たちまち笑うことも、しゃべることもできなくなってしまった。

ふたりに子供ができたあの夜のようだった。デインの腕のなかで体が、血が、彼の動きに呼応して、テスはすすり泣いた。やがて、デインの重みの下で最初の熱い収縮に震えがきたとき、テスは胸が痛くなるほど完璧《かんぺき》な彼の愛が引き起こした快感に息がつまり、全身がこわばった。テスがわれを失って、深い充足感にうるんだ目を開いたとき、デインが叫び声をあげた。そして、彼が顔をこわばらせて背中をそらすと、テスの五感も一気に解き放たれ、自分のほとばしる悲鳴が遠くで聞こえた……。

ふたりで生み出した快感は、かつてないものだった。テスは汗に濡《ぬ》れたデインの温かい体にぐったりともたれ、乳房に彼の吐息を感じながら、しっかりした鼓動を聞いていた。

デインはテスを強く抱き寄せ、やさしくキスをした。「おれは本気だよ。もう、信じる気になったか?」

テスはデインの柔らかな黒い瞳を見あげた。「ええ、信じるわ」息をはずませて言い、彼がどれほど本気だったかを思い出して赤くなる。

デインはやさしくわがもの顔にもう一度キスをした。「何度でも何度でも、喜んで証明するよ」かすれた声でささやく。「だが、小さな嵐《あらし》の前触れが聞こえてきたな」

まぶたにキスをされ、テスは目を閉じた。「小さいなんですって?」愛情いっぱいに顔をほころばす。

「聞いてごらん」

小さな泣き声が突如怒りの絶叫となって、静かな寝室に響きわたった。

「もうおなかがすいたの?」テスがあきれて頭を振る。彼女は急いでワンピースを着てベッドからおりると、顔をまっ赤にしてかわいいこぶしを振っている小さなジョンの様子を見に行った。「それとも、おむつが濡れたかな?」

「自分で調べるんだな」ベッドのデインがそっけなく言う。「利口な息子なのはたしかだが、まだきみに返事するだけの語学力はないと思うね」

テスはデインに向かって舌を出してみせてから、ぐっしょり濡れたおむつを替えた。そのとき電話が鳴り、デインがゆっくりとベッドのむこうに手を伸ばして受話器を取った。

「いや、きょうは行かない。どうした？」デインはそう尋ねたあと、眉をひそめ、それからどっと笑いだした。「ほんとうに？　いつ？　彼女、大丈夫なのか？」デインは頭を振った。「驚いたね。もちろん、テスに話すよ。きっと死ぬほど笑いころげるぞ。今夜ふたりで見舞いに行くと伝えてくれ。それと、頼むから、もう一度しでかす前に、彼女から取りあげてくれ！」

「なんなの？」デインが電話を切ると、すぐにテスがきいた。

「信じられないようなことが起きた」デインはなおもくすくす笑いながら、起きてジーンズをはいた。「ヘレンが、うちの事務所で銃に撃たれたことのないのは、自分だけだとぼやいていたろ？」

おむつをとめるテスの手が止まった。「ええ」

「それがどうも、きょうの午後、銃を持つときに手をひっかけて、自分の足を撃ったらしいんだ」

「まあ、かわいそう！」テスは叫んだが、やがてどっと笑いころげ、同情のことばもだいなしだった。「ごめんなさい、笑いごとじゃないわよね。で、ヘレンは大丈夫なの？」

「骨にはあたらなかったらしい。そのうちきっと話を誇張して、しまいには、自分は壊疽《えそ》にかかるところだったと言いだすぞ。今夜は念のために病院に入れられるそうだから、あとでふたりで見舞いに行くとニックに言っておいた」

「お花を持っていくわ」テスは言ってからにやりとした。「あったら、メダルもね」

テスがおむつを替え終わって赤ん坊を抱きあげると、デインも彼女の横へ行った。自分の人生で最も愛するふたりの人間を見おろすデインの目は、激しいほどの幸福感と愛にあふれていた。

「ほんとうに、あなたにそっくり」テスが静かに言う。

「両方に似ているんだ」デインは言いなおし、大切そうにテスの肩を抱いた。彼の目がきらめく。「しあわせか？」

「夢にも思わなかったぐらい」テスは背伸びしてデインにキスをした。「わたしと結婚するはめになって、ほんとうに後悔してないのね？」心配そうに尋ねる。

「べつに、結婚するはめにはなってないよ」デインはものうげな口調でやさしく言って聞かせた。「ただ、言い訳を探していただけさ。きみがキットと昼休みに会った日、おれがほんとうに偶然あのレストランへ行ったと思っているのか？」

「キットをつけたのね！」テスは笑いだした。「彼女も、そんなことを言ってたわ」

「たしかに、つけたさ。あの日は午前中、会ったらどうしようか、ああでもないこうでもないとずっと考えていたよ。テス、おれはきみに戻ってきてほしいと頼むつもりだったんだ」デインが打ち明ける。「一緒に暮らして、結婚して、子供のいない生活に賭《か》けてみてくれと言うつもりだった」

テスはデインの顔に触れ、吐息をもらした。「ああ、デイン！」

デインはにやりとして、テスの鼻のてっぺんにキスをした。「赤ん坊のことは、死にそうなほどの愛の告白なしに、きみを家に連れて帰れる最高の口実だったんだ。きみがおれにたいして持っていた感情は、もうこの手で殺してしまったと思っていたんでね」

「おばかさん」テスは愛を込めて言った。「愛はそう簡単には消えないわ」

「そのようだな。きみにはジョンの妊娠で、たいへんな思いをさせてしまった。だから、つぎはちゃんと計画をたてることにしよう。こんどはずっとついててやるからな」

「わたしから誘惑しちゃいけないみたいじゃない」

「とんでもない！」

「それなら、いまはどう？」テスは挑発的にささやき、デインの目を引こうと唇を開いた。

「本気か？」デインがうわずった声できく。「じゃ、おいで」

だが、それ以上進む前に、息子が二度目の昼食をせがんで絶叫した。

テスはジョンに望みのものを与え、息子の真剣に怒った表情に笑った。デインを見ると、愛にあふれたまなざしに迎えられ、全身が熱くなった。

テスはデインの唇をついばんだ。「ジョンが学校にあがったら、また仕事に戻ってもいいかしら？」

デインがぱっと顔をあげる。「ショートのところで捜索員をするのか？」

「あなたのところで調査員をするの」

デインはぎゅっと口を結んだ。「一族で事務所をやろうって言うのか？」

「ジョンがトレンチコートの合う年になるまでよ」

デインはテスを抱き寄せ、指先で息子の頭を撫でた。彼はためらったが、テスの決意は固そうだった。まあ、おれが直接教えて、彼女の担当する事件に目を光らせていれば、危険はないかもしれない。自立感を味わわせてやってもいいだろう。それに、一日の半分は、彼女をあごで使えるというのも魅力だ。そう思ったら、デインの顔がほころんだ。「いいだろう。だが、最初は捜索員から始めて、マイク・ハマーのまねは絶対にしないこと。いいな？」

「もちろん！」

テスはデインの胸にもたれて、息子ににっこり笑いかけた。だが、背中ではデインに隠れて人さし指に中指をからませ、嘘《うそ》をついても罰があたりませんようにとおまじないをした。すると、デインが愛を告げる笑顔で、ゆっくりうしろに手をまわしてきた。そして、テスの指をほどいた。

●本書は1993年7月に小社より刊行された作品を文庫化したものです。

この恋、絶体絶命！
2024年5月1日発行　第1刷

著　者　ダイアナ・パーマー
訳　者　上木さよ子（うえき　さよこ）
発行人　鈴木幸辰
発行所　株式会社ハーパーコリンズ・ジャパン
東京都千代田区大手町1-5-1
04-2951-2000（注文）
0570-008091（読者サービス係）
印刷・製本　中央精版印刷株式会社

定価はカバーに表示してあります。

ISBN978-4-596-77580-1

4月26日発売

ハーレクイン・シリーズ 5月5日刊

ハーレクイン・ロマンス

愛の激しさを知る

独りぼっちで授かった奇跡　ダニー・コリンズ／久保奈緒実 訳

億万長者は天使にひれ伏す　リン・グレアム／八坂よしみ 訳
《純潔のシンデレラ》

霧氷　ベティ・ニールズ／大沢　晶 訳
《伝説の名作選》

ギリシアに囚われた花嫁　ナタリー・リバース／加藤由紀 訳
《伝説の名作選》

ハーレクイン・イマージュ

ピュアな思いに満たされる

生まれくる天使のために　タラ・T・クイン／小長光弘美 訳

けなげな恋心　サラ・モーガン／森　香夏子 訳
《至福の名作選》

ハーレクイン・マスターピース

世界に愛された作家たち
～永久不滅の銘作コレクション～

情熱は罪　ペニー・ジョーダン／霜月　桂 訳
《特選ペニー・ジョーダン》

ハーレクイン・ヒストリカル・スペシャル

華やかなりし時代へ誘う

路地裏をさまよった伯爵夫人　アニー・バロウズ／琴葉かいら 訳

ふたりのアンと秘密の恋　シルヴィア・アンドルー／深山ちひろ 訳

ハーレクイン・プレゼンツ作家シリーズ別冊

魅惑のテーマが光る極上セレクション

秘密の妻　リン・グレアム／有光美穂子 訳

5月15日発売

ハーレクイン・シリーズ 5月20日刊

ハーレクイン・ロマンス

愛の激しさを知る

幼子は秘密の世継ぎ シャロン・ケンドリック／飯塚あい 訳

王子が選んだ十年後の花嫁 ジャッキー・アシェンデン／柚野木　菫 訳
《純潔のシンデレラ》

十万ドルの純潔 ジェニー・ルーカス／中野　恵 訳
《伝説の名作選》

スペインから来た悪魔 シャンテル・ショー／山本翔子 訳
《伝説の名作選》

ハーレクイン・イマージュ

ピュアな思いに満たされる

忘れ形見の名に愛をこめて ブレンダ・ジャクソン／清水由貴子 訳

神様からの処方箋 キャロル・マリネッリ／大田朋子 訳
《至福の名作選》

ハーレクイン・マスターピース

世界に愛された作家たち
～永久不滅の銘作コレクション～

ひそやかな賭 ベティ・ニールズ／桃里留加 訳
《ベティ・ニールズ・コレクション》

ハーレクイン・プレゼンツ作家シリーズ別冊

魅惑のテーマが光る極上セレクション

大富豪と淑女 ダイアナ・パーマー／松村和紀子 訳

ハーレクイン・スペシャル・アンソロジー

小さな愛のドラマを花束にして…

シンデレラの小さな恋 ベティ・ニールズ他／大島ともこ他 訳
《スター作家傑作選》

ハーレクイン文庫

「三つのお願い」

レベッカ・ウインターズ／ 吉田洋子　訳

苦学生のサマンサは清掃のアルバイト先で、実業家で大富豪のパーシアスと出逢う。彼は失態を演じた彼女に、昼間だけ彼の新妻を演じれば、夢を３つ叶えてやると言い…。

「無垢な公爵夫人」

シャンテル・ショー／ 森島小百合　訳

父が職場の銀行で横領を？　赦しを乞いにグレースが頭取の公爵ハビエルを訪ねると、１年間彼の妻になるならという条件を出された。彼女は純潔を捧げる覚悟を決めて…。

「恋に落ちたシチリア」

シャロン・ケンドリック／ 中野かれん　訳

エマは富豪ヴィンチェンツォと別居後、妊娠に気づき、密かに息子を産み育ててきたが、生活は困窮していた。養育費のため離婚を申し出ると、息子の存在に驚愕した夫は…。

「愛にほころぶ花」

シャロン・サラ／ 平江まゆみ 他　訳

癒やしの作家Ｓ・サラの豪華短編集！　秘密の息子がつなぐ、８年越しの再会シークレットベビー物語と、奥手なヒロインと女性にもてる実業家ヒーローがすれ違う恋物語！

「天使を抱いた夜」

ジェニー・ルーカス／ みずきみずこ　訳

幼い妹のため、巨万の富と引き換えに不埒なシークの甥に嫁ぐ覚悟を決めたタムシン。しかし冷酷だが美しいスペイン大富豪マルコスに誘拐され、彼と偽装結婚するはめに！

「少しだけ回り道」

ベティ・ニールズ／ 原田美知子　訳

病身の父を世話しに実家へ戻った看護師ユージェニー。偶然出会ったオランダ人医師アデリクに片思いするが、後日、彼専属の看護師になってほしいと言われて、驚く。

ハーレクイン文庫

「世継ぎを宿した身分違いの花嫁」
サラ・モーガン／片山真紀　訳

大公カスペルに給仕することになったウエイトレスのホリー。彼に誘惑され純潔を捧げた直後、冷たくされた。やがて世継ぎを宿したとわかると、大公は愛なき結婚を強いて…。

「誘惑の千一夜」
リン・グレアム／霜月　桂　訳

家族を貧困から救うため、冷徹な皇太子ラシッドとの愛なき結婚に応じたポリー。しきたりに縛られながらも次第に夫に惹かれてゆくが、愛人がいると聞いて失意のどん底へ。

「愛を忘れた氷の女王」
アンドレア・ローレンス／大谷真理子　訳

大富豪ウィルの婚約者シンシアが事故で記憶喪失に。高慢だった“氷の女王”がなぜか快活で優しい別人のように変化し、事故直前に婚約解消を申し出ていた彼を悩ませる。

「秘書と結婚？」
ジェシカ・スティール／愛甲　玲　訳

大企業の取締役ジョエルの個人秘書になったチェズニー。青い瞳の魅惑的な彼にたちまち惹かれ、ある日、なんと彼に2年間の期限付きの結婚を持ちかけられる！

「潮風のラプソディー」
ロビン・ドナルド／塚田由美子　訳

ギリシア人富豪アレックスと結婚した17歳のアンバー。だが夫の愛人の存在に絶望し、妊娠を隠して家を出た。9年後、息子と暮らす彼女の前に夫が現れ2人を連れ去る！

「甘い果実」
ペニー・ジョーダン／田村たつ子　訳

婚約者を亡くし、もう誰も愛さないと心に誓うサラ。だが転居先の隣人の大富豪ジョナスに激しく惹かれて純潔を捧げてしまい、怖くなって彼を避けるが、妊娠が判明する。